吉本隆明と親鸞

Auslegung Yoshimoto Takaakis I

Junichi Takahashi
高橋 順一

社会評論社

本扉画像：『親鸞聖人御影』（粘土原形）
作者：仏師　彫刻家　長田晴鳳
画像データ提供は作者
本文中の写真　出典：フリー百科事典『ウィキペディア（wikipedia）』

吉本隆明と親鸞＊目次

第1章　鎌倉仏教の誕生——像から言語へ

1.『最後の親鸞』は「最後の吉本隆明」

ぼくは、吉本隆明という一人の思想家の歩みの極限というか、彼が考えつめようとしてきたことをいちばん究極的なかたちで示しているのが『最後の親鸞』[1]という著作だとずっと考えてきました。「最後の親鸞」というタイトルにならっていえば、この著作には「最後の吉本隆明」というべき思想的立場が現れていると思うのです。この本の大部分は七〇年代前半に春秋社の雑誌『春秋』に聞書きのかたちで原型が掲載され、七六年著作にまとめられました。現在見ることができる増補版が公刊されたのが八二年ですから、時期的にいうと必ずしも最後ではありません。だいたいがまだ吉本さんは生きておられるわけですからね。しかし吉本隆明という思想家の持つ思想的立場というか位相という点から見たとき、この『最後の親鸞』こそがまぎれもなく吉本隆明の最後の、つまり極限的な立場、位相を示した著作といってよいと思います。今回ここで取り上げるにあたって、もう一度読み返すなかでますますそういう印象を強く持ちました。

この本では、吉本さんがずっと追いかけてきたいちばん根本的なテーマである「大衆」の問題、正確にいうと「大衆の原像」の問題と、やはりもうひとつの基本的テーマである「自立論」の問題が本質的なレヴェルでどのように関わりあっているのかが、まさに正面から論じられています。それは、屈辱と忍従、その裏返しとしての居丈高な空語の絶叫に甘んじてきたこの国の思想がほんとうの意味で思想となるための根本的な課題といってよいでしょう。つまり思想が真の意味で思想になりうる極限的な場所を明らかにするという課題を扱っているのがこの『最後の親鸞』に他ならないのです。

もう少しかたちを変えていうと、これも吉本さんが一貫して追い続けてきた前衛党と大衆の関係、あるいは前衛党と呼ばれる存在が必然的に帯びてしまう党派性をどのように根本的に止揚するのか、廃絶へともってゆくのかという課題、つまり思想が党派性を本当の意味で克服し止揚することはいったいどうしたら可能になるのかという課題といってもよいでしょう。この著作を読むと、こういった問題が親鸞という一人の宗教者をめぐる吉本さんの徹底した思索を通して見えてくるんじゃないかと思っています。それはいうまでもなく、思想が大衆に対する一方的な啓蒙や指導というあり方にとどまるのを真に克服するための道筋を明らかにするという課題であり、さらにいえばあらゆる他律を克服した後にはじめて可能となる大衆の自立(自律)への道筋を示すという課題でもあります(2)。

2.「事後性」の思想

さらにいえばこの『最後の親鸞』を読むと、もうひとつ今まで吉本さんの思想をめぐってほとんど論じてこられなかった問題が見えてくるんじゃないかという気がします。たぶんこれはだれもいっていないと思うんですが、『最後の親鸞』には、「事後性」の思想という問題が吉本隆明の思想の根源的立場の問題として現れているんじゃないかと思うんです。端的にいえばそれは「スピノザ問題」と言い換えてもよいと思います。こんなところでスピノザの名前を出すのは唐突に思われるかもしれませんが、ぼくは前から吉本隆明の思想とスピノザの思想を対比させてみたいという思いを強く持っていました。といってもまだ十分につめ切れてはいないのですが。

もう少し具体的に事後性の思想という問題について考えてみましょう。もともと「事後性」という概念はフロイトが最初に使ったものです。フロイトは、記憶から除外された事柄の起源は後になってからはじめて明らかになると考えました。[3] これを敷衍化していえば、起源はつねに後から遅れて明らかにされるということになります。ラカンはこのことを、「シニフィアン（意味するもの）のシニフィエ（意味されるもの）にたいする優位」と定義しています。[4] ふつう言葉においては、まず意味があってしかる後にその意味を表現する記号表象が現れると考えがちですが、ラカンはソシュール言語学を踏まえてまったく逆な捉え方をします。すなわち意味は記号表象によって生産されるのです。より敷衍していえば、起源は起源から派生したとふつう考えられているものを通して後から遡及的に再構成されるということです。この起源のいちばん分かりやすい例が形而上学でいう第一原因です。「神」「イデア」「本質」「精神」などと呼ばれてきたものすべてがこの起源に当ります。こうした起源としての第一原因を「起源」ないしは「原因」として設定し、そうした「起源」や「原因」から派生する「結果」として具体的な諸現象を位置づけるという発想は、それこそ古代ギリシア以来の人間の思考の歴史の常識であったといってよいでしょう。それは、優れたソシュールの研究家であり、晩年ソシュールの読解をもとにユニークな思想を展開した丸山圭三郎さんの言葉を借りれば「現前の形而上学」の伝統です[5]。つまり「本質」や「起源」が「現われ」に転じるという形で物事を捉えようとするのが形而上学ということになります。こうした伝統にはじめて正面から批判を行ったのがニーチェでした。もっともそれは批判というより、もっとラディカルに攻撃をしかけたといったほうがいいかもしれません。ニーチェはこうした伝統的な思考が「遠近法」の歪みにすぎず、起源とそこから派生するものの関係を顛倒させなければならないと主張しました。ニーチェの『善悪の彼岸』や『道徳の系譜学』[6]の土台となっている「系譜学」は、「前＝起源」と「後＝結果」の関係を顛倒させるための方法に他なりませんでした。ついでにいえば、ニーチェの「神は死んだ」という命題は、あらゆる形而上学的な第一原因などまったく存在しない、そんなものはすべてフィクションにすぎないというマニュフェストとして捉えることが出来ると思います。このことを思想的な態度の問題に置き換えると、思想の営みはつねに事後的なものから出発しなければならないということになります。思想はそれが真正であるためにはつねに事後的でなければならないということです。自らを起源として位置づけ、自己創設的に語ろうとする思想は必然的に形而上学となります。しかしそうしたロジックは虚構にすぎません。そうしたロジックが依拠しようとする主体にしても精神にしても、すべて後から生み出された虚構としての起源にすぎないからです。このことを見すえない限り、思想の営みは真に起こっている出来事を形而上学のヴェールによって覆い隠してしまう役割しか果たせなくなります。ニーチェ風にいえばそれは、「道徳」や「真理」という起源の名において一回限りの出来事やそこに働く力の個別性を抑圧することへとつながります。フロイトのいう抑圧や転移も同様の事態を指し示しています。ここには反復可能性や永続可能性というかたちで現れる特殊なものの消去のメカニズムが現れていますが、それが同時に既成の制度や権威・権力の肯定・正統化の手段としてのイデオロギーの起源であることはいうまでもありません。だからこそ真正な意味での思想は必ず事後性の思想でなければならないのです。つまり思想が本当の意味において思想であるためには、極めて逆説的に、思想が自らの起源を派生的なもの、事後的なものとして捉えるという態度が求められるということです。そういうパラドクスを通して語られた思想だけが本物の思想になり得るということですね。思想は、自らの経験から出発しながらも、その起源と根拠をその経験自身の内部に求めるのではなく、それとは根本的に異質なもの、言い換えれば経験の外部からやってくるものに向かって自分自身をいわば否定するかたちで関わっていくことを通してはじめて自分の起源、根拠を見出すことが出来るのです。

　同時代的にいうと、この問題の所在を最初に指摘したのがフランスのマルクス主義哲学者ルイ・アルチュセールでした。ちなみにアルチュセールは先ほどのラカンから強い影響を受けています。ご承知のようにアルチュセールは「構造因果性」とか「重層的決定」というような特異な概念を用いていますが、これらの概念によってアルチュセールが示そうとしたのは、何か単一の絶対的な要因や原因を考えてはならないこと、複雑に多層化する現象や構造の全体そのものがそうした多義性そのものにおいて因果的であり被決定的であるということでした。こうした概念をアルチュセールが用いようとした背景には、たとえば国家と主体形成のイデオロギー的連関に対する彼の洞察が潜んでいます。主体は国家やイデオロギーに先立ってあるのではなく、逆に国家やイデオロギーが主体をつくり出すのです[7]。これはまさに事後性の思想です。こうした事後性の思想は、さらに遡っていくとすでに触れたようにニーチェとフロイトの問題になりますが、さらにはマルクスの問題にもつながっていきます。マルクス、ニーチェ、フロイトという、一九世紀から二〇世紀にかけて現れた、近代思想における「呪われた部分」をもっとも根源的なかたちで引き受けようとした思想家たちの思想に共通する要素を一つ挙げるとすれば、この事後性の契機ということになると思います。マルクスならば、貨幣を商品の価値の「起源=原因」と考える倒錯を暴いた「フェティシズム」の概念がまさに事後性にあたりますし、ニーチェなら「遠近法」と「系譜学」いう概念がそれにあたります。フロイトが無意識と意識のあいだの転移と抑圧の問題というかたちで事後性を明らかにしようとしたことはすでに指摘した通りです。

いずれにせよ、先にあるものはじつは後に来るものであり、後に来るものこそ先に来るものである、そして最終的には、後先の因果関係が解体されなければいけないということです。こういう事後性の思想が期せずして一九世紀の後半から二〇世紀にかけてマルクスとニーチェとフロイトという真の意味でラディカルな三人の思想家のうちに胚胎されたことの意味が重要だと思います。なぜなら彼らの事後性の思想は、近代という時代の表象や思考の秩序を、いやさらに普遍的に人類の文

バルーフ・デ・スピノザ

明や文化の自明性をもっとも根本的に揺るがすものだったからです。そしてこのときそうした事後性の思想の真の起源として浮かび上がってくるのがスピノザの思想なのです。

　このことは、先ほど言及したアルチュセールの思想がスピノザの影響を強く受けていることや、そのアルチュセールからやはり影響を受けているアントニオ・ネグリが『野生のアノマリー』[8]という極めて刺激的なスピノザ論を書いていることからも明らかだと思います。それはアソシエ21の「アルチュセール講座」を担当されている宇波彰先生も指摘されている通りです[9]。

　スピノザの思想はたいへん難解であり、同時に多義的です。したがってそこからは様々な解釈や意味づけを引き出すことができると思いますが、とりあえずぼくが指摘したいのはスピノザの思想がもっともラディカルな意味、つまり根源的かつ急進的な意味でのデモクラシー論だということです。そのデモクラシー論の核にあるものは「大衆の自立」という問題だと思います。スピノザの思想は、最終的に大衆の自立に向かって、思想の担い手としての知識人がどうのように着地していくのかをおそらくはじめて問おうとしたものでした。より端的にいえば、大衆の自立に向かって知識人の思想がどう解消されていくのかということです。大衆の自立が実現することは思想が、あるいはその担い手のとしての知識人が消滅することを意味するからです。思想が真に思想であるためには、言い換えれば真の自立が達成されるためには、じつは自らを否定し消去しなければならないのです。ここにじつはスピノザの思想の核心があったと思うんですね。ではなぜスピノザはこうしただれも考えたことのない問題に到達したのか。

スピノザの生きた当時のオランダの政治状況というのは、スピノザにとって非常につらいものでした。そもそもスピノザはユダヤ人としてユダヤ人共同体に属していたのですが、彼の思想のラディカルさゆえにその共同体から追放（破門）されます。[10]当時のオランダはヨーロッパでいちばん寛容な社会でしたが、それでもやはりユダヤ人共同体はマジョリティであるキリスト教徒の社会からは隔離されていました。したがってもともとマジョリティに属していないユダヤ人であるスピノザがユダヤ人共同体から追放されることは、彼が社会的にはどこにも帰属しえなくなることを意味します。スピノザは文字通り社会のアウトサイダー、孤立した単独者であることを余儀なくされたのです。いかなる普遍性や一般性への還元も許されない代替不能な特殊性こそスピノザの立たされた位置だったといえます。さらにいえば、当時のオランダでは保守的な正統派とデカルト的な合理主義の立場に立つ自由派のあいだで、政治的・宗教的対立が激しくなっていました。まさに党派的対立が極点に達しようとしていたのです。そしてスピノザはこの両党派から攻撃されていたのでした。このことは思想的にいうと、スピノザがあらゆる党派性の外部に立たざるをえなかったことを意味します。それは同時に因果性の論理の外に立つということでもあります。

そうしたなか、スピノザの理解者の一人でスピノザの最大の擁護者であったヤン・デ・ウィットという自由派の政治家が聖職者たちにそそのかされた大衆によって、むごたらしく街頭で殺されるという事件が起きます。アムステルダムの国立美術館には、殺された後腹を裂かれ内臓を全部取り去られて逆さに吊るされたウィットの死体を描いた凄惨な絵があります。このときスピノザは怒りのあまり自ら武器をとって大衆の中に突っ込もうとして周りの人たちに止められたそうです。しかし自分の最も信頼するヤン・デ・ウィットという政治家を虐殺してしまった大衆のどうしようもない愚劣さにもかかわらず、彼は大衆を自分の考えるデモクラシー思想の根幹に据えざるを得なかった、いや据えなければならないのだと考えます。こうした思想が彼の主著『エチカ』第四部、第五部で展開され、さらに『神学・政治論』の根本的なテーマにもなっていくわけです[11]。そこには同時に保守派と自由派とのあいだの党派対立の、あるいはその前提となる党派性そのものの揚棄という課題も関わってきます。

スピノザの思想の根幹にあるのは、自然それ自体の根源的な産出性をいっさいの表象知の媒介ぬきに直接的に発現させなければならないというモティーフだったと思います。たとえば聖書の真理解釈などは表象知の最たるものといえます。そうした表象知が存在するからこそ、もろもろの「真理」の占有をめぐる党派対立も生まれるわけですし、表象知のヴェールによって本来の知恵を曇らされた大衆の愚劣さも生まれるわけです。もうお分かりかと思いますが表象知はわれわれの言葉でいうとイデオロギーであり、さらには自らの正当性を弁証する形而上学的な根拠、原因、つまり起源に裏づけられた因果性の論理の産物に他なりません。とするならばスピノザが表象知の根源的な解体・消滅を目ざしたことは、まさしく事後性の認識に基づいていたということができるでしょう。そこから、表象知の担い手である知識人が表象知もろとも大衆の存在に向かって解体されていかねばならないという、事後性の思想の根幹というべきモティーフが浮上します。ここでいう大衆とは、いっさいの表象知の彼方にある根源的な自然、あるいはその産出性と考えてよいと思います。そうした自然を直裁に発現させること、それがスピノザのデモクラシー論の核心です。このあたりについてはネグリが『野生のアノマリー』で詳細な議論を展開しています。

さて『最後の親鸞』に戻ると、吉本隆明の思想の根源には、このスピノザからマルクス、ニーチェ、フロイト、そしてアルチュセール、さらにはネグリにまで至る事後性の思想の系譜のうちにはらまれている問題と通底するものが現れているように思えます。『最後の親鸞』の思想には、六〇年代以降のフランスにおいて顕著になったマルクス解釈におけるスピノザ・ルネッサンスの意味と吉本さんの思想が共鳴してくる要素が存在するのではないかということです。もちろん『最後の親鸞』とスピノザの思想が直接結びつくわけではありません。しかしあるクッションをおけば接合は可能ではないかと思うのです。そのへんまで話がうまくいくかどうか、ちょっと自信がないんですけれども、じつに豊かな問題を含んでいるこの『最後の親鸞』というテクストからは、そういった問題も抽き出すことができるではないかと考えています。

3. 日本における仏教思想

『最後の親鸞』における議論には、対象となっている親鸞の問題と、その親鸞を吉本隆明がどう読んだかという二つの問題があるわけですが、それを見ていく上での前提として、日本における仏

教思想とはなんだったのかという問題からまず入ってみたいと思います。(12)

日本に仏教が正式に伝来をしたのは五三八年といわれています。『日本書紀』によると五五二年ですが、現在では五三八年が正しいと考えられています。欽明《きんめい》天皇の時代にあたるこの年、百済の聖明王《しょうみょうおう》から仏像一式と経典が献じられ、これが正式な日本への仏教の伝来となったといわれています。もっとも、私的なかたちではおそらく仏教はもう少し前の時期から、たとえば渡来人の集団などとともにすでに伝来をしていたと考えていいんだろうと思います。

そのとき献上されたのは阿弥陀三尊像だったといわれていますが、たちまち朝廷の中で、崇仏派、要するに仏教を敬えという派と、排仏派というか忌仏派というか、仏教なんか捨てちまえ、日本古来の信仰を守れという派との争いになります。一般的にいえば崇仏派の代表が渡来人集団を統括していた蘇我氏で、忌仏派・排仏派の代表が伝統的に朝廷の軍事部門を統括していた物部《もののべ》氏でした。物部氏には神祇《じんぎ》を担当する中臣《なかとみ》氏（後の藤原氏の前身）も味方します。結局、物部氏は仏像が安置されるためのお寺をぶっ壊して仏像を溝に捨ててしまいました。その後氏族間の勢力争いもからんで蘇我氏と物部氏のあいだに戦いがおき物部氏が敗れて滅亡していったのは周知の通りです。

ところで余談めきますけど、物部氏が捨てちゃった仏像をもったいないとだれかが拾って、それが回り回って今は善光寺にあるという話になっているんですね。(13) 善光寺の阿弥陀三尊というのは、百済の聖明王からプレゼントされた日本最初の仏像であるという伝説があるわけです。たぶんウソだろうと思うんですけどね。ただ、善光寺の仏像というのは絶対秘仏なんです。本尊を納めた厨子の前には前立《まえだち》本尊が置かれているんですがこれも秘仏で七年に一回しか公開されません。最近では二〇〇九年が公開の年にあたります。とにかくご本尊そのものは完全な永久秘仏でだれも見たことがない。これは東大寺の二月堂の観音像と同じで、絶対公開しない秘仏なんです。ですから本当のところは誰にもわかりません。だれも見ていないわけですから。少なくともここ数百年厨子が開けられた形跡はないということです。ついでにいうと、浅草の浅草寺《せんそうじ》のご本尊は観音さまですけど、これも飛鳥時代に同じようなかたちで捨てられた仏像がどんぶらこ、どんぶらこと海を流れて武蔵の国あたりに流れ着いたのを、貧しい漁民が拾い上げてお祀りしたのが始まりだという伝説があります。[14] 浅草の観音さんも永久秘仏で、だれも見たことがありません。こういう話はよくありますね。

まあそういう話は余談として、五三八年日本に仏教が入ってきたわけだけれども、そういうかたちで伝来した仏教というのは、当時の日本社会あるいは日本文化にとって何を意味したかということを考えてみると、少なくともそれはふつう考えられる意味での宗教ではなかったろうと思います。信仰の対象、信仰というのをどう捉えるかという問題はあとで触れることにもなると思うんですけれども、もし信仰というものの在り方を内面化された人間の超越性を求める精神の営みというふうに考えると、たとえばいちばん典型的なのがマルティン・ルター[15]のようなケースになります。そして宗教が、マルティン・ルターが考えたような徹底的に内面化された、人間の精神の内面的営みというものに純化された意味における信仰としてもし捉えられるとすれば、日本に伝来した仏教というものは、いかなる意味でも信仰、あるいは信仰によって成り立つ宗教ではなかったというふうにいえるだろうと思います。じゃあ、信仰ないしは信仰に支えられた宗教でないとすれば、この仏教は何であったのか。ぼくは、何よりも新しい輸入知識だったと思います。ちょうど明治以降の日本人が近代化のプロセス、つまり文明開化のプロセスの中で多くの西洋の文物を摂取したのと同じような意味で、当時の最も先端的な外来文化として仏教を摂取したということです。そうした意味で仏教はまず第一に新知識であったろうと思います。

これも余談ですが、奈良時代に幾多の困難にもかかわらず日本へと渡ってきた（七五四年）唐の高僧鑑真《がんじん》が建てた唐招提寺《とうしょうだいじ》に、鑑真の日本渡来の旅の記録である『唐大和上東征伝《とうだいわじょうとうせいでん》』が伝わって

善光寺山門

浅草寺本堂

いますが、そこに鑑真が唐から持って来たものが記されています[16]。そこの中には経典の類も当然多数含まれていますが、それ以外にもたとえば薬や薬の処方箋といった知識や学問の分野に属するものも入っています。鑑真が唐という当時の先端文明の世界から持ってきたのは仏教にかかわる経典の類だけでなく、より広い意味での先端文明の精華そのものだったといえます。日本の側も、おそらく鑑真に対してそうした新知識という面でも相当大きな期待を持っていたことがそこから推測されます。もちろん鑑真が非常に優れた宗教的な人格の持ち主だったことは確かですが。

4. イメージと結びついた日本仏教

それからもう一点、日本に伝来した仏教の非常に重要な特徴として、仏像と呼ばれる造型物と深く結びついていたことが挙げられます。仏像には彫刻として造られる立体的な意味の仏像と絵画としての仏像とがあるわけですけれども、より大きなインパクトを持ったのは彫刻としての仏像のほうでした。おそらく当時の日本人にとって仏教というものは何よりもこの仏像という存在であり、また仏像を納めるために造られるお寺という存在だったと思われます。もちろんお坊さんとかお経とかもあったけれども、何よりもその仏像と仏像を納める空間としてのお寺、これがおそらく当時の日本人の仏教というものに対する最も中心的なイメージだったろうと思うんですね。つまり、日本の仏教というのは可視性、イメージというものと非常に強く結びついていたということです。こういうふうに見ていったときに、とりわけ初期の日本における伝来仏教の在り方というものが、内

救世観音像(法隆寺)

釈迦如来像(飛鳥寺)

面的な信仰であるとか、あるいは内面的な信仰に根ざす精神の営みという意味での宗教性をほとんど欠いていたことは明らかだろうと思います。

いま現存しているいちばん古い仏像だと言われているのは飛鳥寺の安居院《あんごいん》にあるいわゆる「飛鳥大仏」といわれる釈迦如来《しゃかにょらい》像です。日本書紀の記述によれば六〇六年に鞍作《くらつくりの》止利《とり》によって造られたものです。ただ東京国立博物館の法隆寺宝物館にある、明治時代に皇室に献納された「御物《ぎょぶつ》四十八体仏」の中にはそれより古い仏像があるかもしれません。それから法隆寺金堂の六二三年の銘のある止利作の釈迦三尊像、同じ法隆寺の夢殿《ゆめどの》に安置されている救世《ぐぜ》観音なども、飛鳥大仏よりはやや後の飛鳥時代後期から白鳳時代にかけて、年号でいうと六四〇〜六五〇年あたりの大化の改新前後に

釈迦三尊像（法隆寺）

弥勒菩薩像（広隆寺）

百済観音像（法隆寺）

造られた仏像ではないかと思われます。ついでにいうと今挙げた仏像はいずれも止利式と呼ばれる中国北魏時代の様式に基づいて造られ、楠を使った木造仏の救世観音を除いていずれも金銅製です。

さらにいうとこの時期に造られたと思われる仏像でいちばん謎が多いのは百済《くだら》観音[17]です。百済観音も楠の木造仏ですが、この仏像に関しては法隆寺資材帳にも記載がなくどうして法隆寺にあるのかも分かっていません。様式的にも明らかに止利式ではありません。飛鳥時代の木造仏が広隆寺の弥勒菩薩像《みろくぼさつぞう》（アカマツが使われ朝鮮半島で造られたと考えられます）を除き大部分楠で造られていることから、楠材を用いたこの仏像も日本で造られたものと考えられますが、ともかく来歴の分からない仏さまなんです。これも余談になりますが、当時金銅仏は次のような手順で造られました。まずおおざっぱな型を土で作り、その上に蝋をかぶせて鑿《のみ》などで精密なかたちを造型すると、さらにその上に土をかぶせて焼き固めます。すると最初の土の型と二番目の土の型のあいだの蝋が流れて空洞が出来ます。この空洞に溶かした銅を流し込みます。こうして出来た銅の型の表面を鏨《たがね》で整形した後に、水銀に金粉を混ぜたものを表面に塗り再び火にかけます。すると水銀が蒸発して金だけが表面に残りちょうどめっきをかけた状態になります。これを塗金といいますが、塗金された銅製の仏像のことを金銅仏《こんどうぶつ》と呼ぶわけです。これも当時の日本人にとっては目も眩むような新技術だったに違いありません。

いずれにせよ、こういう仏像というものが、おそらく当時の日本人にとって仏教の最も中心的なイメージだったんだろうと思います。ではなぜそうなったのかを考えてみると、宗教の発達段階というようないい方は単純進歩史観みたいであんまり感心しないんですけど、プリミティブな段階からより高度な段階へと宗教が発達していく過程とおそらくかかわっていると思われます。

ご承知のように、宗教は最も原型的・原始的な段階では自然信仰というかたちを取ります。いわゆるアニミズムですね。自然そのものが信仰の対象になっている段階です。ようするにもろもろの自然の中には精霊が宿っており、その精霊を信仰の対象にするということです。たとえば代表的な例として樹木信仰があります。だいたいどの民族にもあったようですが、巨大な樹木、年を経た巨木に対する信仰ですね。北欧神話に出てくる「宇宙の中心としてのとねりこの木」などはその典型例です。[18]あの「となりのトトロ」に出てくる楠の木なんかもまさにそうした信仰の対象でした。あの楠の木がご神体になって神社が作られるわけですね。じつはあれにモデルがあるというのをきのう初めて知ってビックリしたんです。熱海の来宮神社の境内にある楠の木は樹齢二六〇〇年とかで、日本でいちばん古い楠の木なんですが、それがあのトトロの楠の木のモデルなんだというんです。メイちゃんが穴に落っこってトトロに出会うあの楠の木ですね。飛鳥時代の木造仏に楠の木が使われている背景にはそうしたプリミティヴな樹木信仰があったのかもしれません。現在奈良と鎌倉にある長谷観音はそうした樹木ないし巨木信仰に由来していますし、立木観音といって大地から生えている木をそのまま観音像に刻んだケースもあります。

こうした具体的な対象としての自然への信仰がもう少し高度化してくると、ある特異な能力、基本的には憑依《ひょうい》能力だと思うんですが、ようするに「キツネ憑《つ》き」なんていう場合の「憑く」力ですね、これが専門化してゆきます。憑依能力を持った霊能者というか宗教者が、神なり魂に憑いて、それを共同体を構成している一般の人たちに伝えていくというふうなかたちになってきます。これがいわゆるシャーマニズムと呼ばれる段階です。

アニミズムからシャーマニズムへの過程において働いているのは、呪物信仰といっていいと思います。要するにフェティシズムですね。[19]フェティシズムというのは目に見えないものを目に見えるものを通して表象する、あるいは本来は目に見えないものを、目に見えるもののかたちにして、それをとらえるというか了解するという、そういう人間の精神の働きといっていいと思います。日本にもそうしたアニミズムなりシャーマニズムという段階を含むプリミティブな信仰というもの、土俗的、土着的な信仰があったことはいうまでもない。これは民俗学がつとに明らかにしてきたところであるわけです。

そこに仏教が入ってきました。原始的な呪物信仰の段階にある、おそらくは自然信仰に一部シャーマニズムが付け加わるという段階にあったであろう日本の宗教的風土というものの中に仏教が伝わってきた。そこには目もくらむような落差があるわけです。もしかすると明治維新におけるヨーロッパの文明と江戸期の文化の間の落差よりもっと大きな落差だったかもしれない。ひとつ問題なのはその頃、日本に文字があったかどうかです。『古事記』や『日本書記』によれば、仏教が伝来するより少し前に百済から来た王仁《わに》が漢字を伝来したというふうにいわれているから、おそらく文字はそこそこあったろうとは思うんです、ただ一部の渡来人を中心にしたごく少数の人間しか文字を解する力を持っていなかっただろうと思います。大部分の土着日本人は文字を知らなかったはずです。つまり当時の日本の社会は基本的に無文字社会だったということです。そして宗教的にはまだアニミズムからシャーマニズムへ至る呪物信仰の段階にとどまっているような、極めて原始的な共同体社会だった。そこに仏教が伝来するわけです。

このとき伝来したのはインドで発生し、中国へ伝来して中国で漢訳化された仏典を基礎とする仏教、つまり中国化された仏教です。そしてそれはスリランカなんかのほうへ伝わった上座仏教（小乗仏教）ではなく、いわゆる大乗仏教でした。竜樹（ナーガルジュナ）らによって創設された、一身の成仏だけでなく衆生全体の救済を求める大乗仏教は、同時にたいへん高度な論理性や体系性を備えた一個の哲学的学問でもありました[20]。中国ではこの時期はまだ玄奘《げんじょう》三蔵による漢訳仏典は出現していないので、それより前の段階の、インドから中国にやってきた僧鳩摩羅什《くまらじゅう》が中心になって四世紀から五世紀（六朝《りくちょう》時代）に漢訳した仏典が伝わったんだろうと思います。この漢訳仏典が基礎となった中国仏教、つまり漢字という手段を通して、インドで発生した仏教の教理を高度な文字表現によって教義化し大系化した中国仏教が、朝鮮半島を経て日本へやって来たわけです。この過程には原始仏教から小乗仏教、さらに大乗仏教への推移という仏教変遷史における大きな問題が含まれますが、ここではそれには触れないことにします。

繰り返しになりますが、こうした高度な中国仏教の教義の世界と当時の日本社会のあいだにはもう眼もくらむような文化的な落差が存在したはずです。本当にとんでもない落差だったと思います。だから文字や教義のレベルで成立している仏教と、当時の日本の共同体社会の在り方をつなぐ媒介項はほとんど存在しなかったろうと思います。もちろん新知識というレベルで、渡来人を中心に実用的なレベルで取り入れられるということはあったでしょう。当時の飛鳥を中心とする大和地方における渡来人の集団を統括していたのは蘇我氏でした。蘇我氏のもとには東漢《やまとのあや》氏などの渡来人集団がいたわけです。だから蘇我氏は仏教を庇護しようとしたのだろうと思います。ただ眼もくらむような文化的落差は間違いなく存在していたはずです。

それでも当時の日本の社会や文化と仏教との接点が見出され得るとすれば、それは何によってだったろうかという問題がここで生じます。ぼくは、当時の日本社会に存在していたフェティシズムがその接点だったと考えます。つまり可視的な形象性を通した自然信仰のあり方です。言い方を換えれば、イメージを通した信仰ということです。あの奔放ともいえるほどに豊かなイメージ喚起力を持つ縄文文化を想い起こすとき、日本文化の基層には「かたち＝イメージ」への強い志向が存在していたのは間違いないと思います[21]。だから仏像という目に見えるイメージ、つまり像＝イメージを通してなら仏教というものへの接点がありえたんじゃないかと思うんです。逆にいえば仏像というイメージ以外には当時の日本社会が仏教を受容する道はあり得なかったはずです。その流れというのは基本的に、七九四年に平城京の歴史が終わって、奈良から京都へ、平安京へと遷都をする時代まで基本的には続くわけです。五三八年から七九四年まで、六世紀から八世紀の終わりまでのこの時期が日本における仏教の伝来、受容の第一期だとすれば、第一期の中心にあったのは仏像という可視性、寺院という可視性を通して、眼に見える像として仏教というものをとにかく受け入れていく時代であったといえます。逆にいえば、像としての仏教の全盛時代ともいえるわけです。

それ以来、現在まで千数百年経っているわけですが、この六世紀から八世紀の間に達成された仏像彫刻の水準を超える日本の芸術表現は未だに存在していないといってよいと思います。日本の芸術表現というのは、この六世紀から八世紀の時代に一気に頂点へ達して、それ以来〝没落〟の一途をたどっていった。これはなぜかというのは後でお話をしたいと思います。もちろん本当は簡単に〝没落〟といっちゃいけないんですけどね。そこには変化や変容という要素が含まれていますから。ただぼく個人の感じでいうとすると、日本における芸術表現が、たとえば西欧でいえばミロのヴィーナス、レオナルド・ダ・ヴィンチ、ミケランジェロ、レンブラント、セザンヌといった芸術家たちの表現のレベルに本当の意味で拮抗出来るだけの内容を持ったのは、唯一六世紀から八世紀にかけての約二五〇年間に生み出された仏像芸術だけだったと断言していいと思っています。もちろん雪舟だって宗達だって光琳だってすばらしいのですが真の芸術的普遍性という点では古代仏像芸術にはるかに及びません。

たとえば八世紀、天平時代に東大寺の大仏（毘盧遮那仏《びろしゃなぶつ》）が造られるわけですね。ご承知のように東大寺は国分寺の中心として建立された非常に大規模なお寺でした。当然そこではたくさんの仏像が造られました。そこで東大寺造仏所という仏像を専門的につくる工房みたいなものが設置されます。この工房の長官をやっていたのが国中連公麻呂《くになかむらじのきみまろ》で、この人は渡来人であったか、渡来人の子孫だったようです。おそらくこの造仏所の技術者たちの大部分は渡来人系であったろうと考えられます。飛鳥時代から白鳳時代を経て天平、奈良時代に至るまで、仏像の制作に携わって名前が残っているのは、この国中連公麻呂といちばん最初の止利仏師、この二人くらいですね。東大寺三月堂の不空羂索《ふくうけんさく》観音像、月光《がっこう》菩薩像や日光菩薩像、それから戒壇院《かいだんいん》の四天王像、薬師寺の薬師三尊像、興福寺の阿修羅像など、これらがぼくの考える日本の芸術表現の頂点なのですが、これは優にレオナルドやミケランジェロに匹敵する芸術作品だと思います。だがこれらの仏像を造った人の名前は未だに全く伝わっていないわけです。ただ止利仏師も渡来人の系統であり、この国中連公麻呂も渡来人であるということから考えれば、この七世紀から八世紀の仏像制作にあたった仏師たちの多くは渡来人系であったことは容易に想像がつきます。前にも触れたように仏教文化と在来日本社会の落差を踏まえていえば仏教の受容は渡来人を中心にしか行い得なかったのだろうと思います。いず

毘瑠遮那仏（東大寺）

不空羂索観音像（東大寺）

月光菩薩像（東大寺）

薬師三尊像（薬師寺）

戒壇院四天王(多聞天)

像阿修羅像(興福寺)

れにせよ、そういうかたちで仏像の持つ具体的なイメージ視性を通してしか仏教が日本社会と結びつきえなかった背景には、当時の日本の宗教のレベルというものが呪物信仰、フェティシズムの段階にあった、そこを超えられなかったという事情があったと思います。それは、信仰が内面化されてゆく契機がまだ存在しなかったということの現れであろうと思います。でも考えてみれば不思議なんですね。あの非常に優れた仏像や寺院建築がありながら、飛鳥・白鳳《はくほう》時代から天平時代にかけての信仰がいかなるものだったかはほとんど伝わっていないんです。これはどう考えたらいいのか。あれほど素晴らしい仏像が生み出されながらその背後にある信仰の精神的かたちは伝わっていない。たったひとつの例外として六一五年に聖徳太子が自ら執筆したといわれる『三経義疏《さんぎょうぎそ》』(『法華経』・『勝鬘経』・『維摩経』の三経の注釈書)(22)がありますが、昨今の聖徳太子非在説などを踏まえれば果たして本当にその時期に執筆されたものかどうかは疑わしいと思います。

ただ聖徳太子が古代における唯一の内面的知識人であったことは伝説のヴェールを通じてですが推察出来ます。この聖徳太子の信仰の内面性をはじめて見出したのがじつは親鸞でした。この発見が鎌倉時代の熱烈な聖徳太子信仰を生み出します。その一方天平時代よりやや後に薬師寺の僧景戒によってまとめられた『日本霊異記《りょういき》』(23)を見ると、そこには土俗世界と一体化した日本仏教の原始性が如実に表現されています。いずれにせよ宗教的な、とりわけ内面信仰というレベルにおける宗教として受け止めていく素地というものがこの時代にはほとんど存在しなかったということが容易に想像されます。

こうした日本の仏教がひとつ転機を迎えるのが、平安時代だったといっていいと思います。平安時代に至って、ようやく日本の仏教はある種の宗教性というものを帯び始める。つまり呪物信仰、非常にプリミティヴな自然崇拝や自然信仰、あるいはシャーマニズムといったような段階を超える兆しというものを表わし始める。

この転機の大きなきっかけとなったのは東大寺の大仏建立《こんりゅう》だったと思います。大仏建立の背景にあったのは華厳経《けごんきょう》という経典の教義です。華厳経というのは要するに宇宙論なんですね。華厳経は経典としてはものすごく高度な経典といっていいと思います。それまでのいろんな仏教の要素を宇宙論として全部包み込むという意味で、華厳経は仏教が生み出した最も包括的で最もイメージャリーな世界を描き出している。華厳経のほかにもうひとつ法華経も極めてイメージャリーな世界を描いていますが、七世紀から八世紀にかけて、とくに天平時代に対応する八世紀にこのふたつの経典はもっとも大きな影響力を持っていた。華厳経も法華経もイメージャリーな宇宙論です。非常に壮大かつイメージャリーな宇宙論なんです。

曼陀羅《まんだら》という言葉はご存じですね。仏の世界を総合的な宇宙として描いたのが曼陀羅です。曼陀羅というのは、平安時代に日本に移入された密教のほうの用語ですけれども、じつは曼陀羅の世界と華厳経の世界というのはつながっているんです。密教の曼陀羅において世界の中心に位置しているのは大日如来《だいにちにょらい》という仏さんですが、この大日如来が華厳経では毘盧舎那仏と呼ばれています。東大寺の大仏さんですね。毘盧遮那仏と大日如来は基本的には同じ仏さんなわけです。顕教においては毘盧遮那仏、密教では大日如来という。顕教というのは要するに大っぴらに修行してかまわない仏教で、密教というのは即身成仏を目ざす秘密の修行、秘密の教えです。

曼陀羅　中央が大日如来

大日如来を中心とする曼陀羅の世界はそのまま華厳経の世界とつながっています。ふたつの世界をつなげているのはイメージャリーな宇宙論の世界ということになるわけです。世界全体を仏性が満ちあふれたイメージャリーな宇宙的世界として描き出すということです。この顕教としての華厳経と密教的世界の連続性が奈良時代から平安時代にかけての日本仏教の大きなファクターとなります。

だから東大寺の大仏殿の空間は、大仏さん、つまり毘盧遮那仏だけじゃないんですね。あそこで大仏さんだけを見て「でっかいなぁ」って感嘆して終わったら損をします。あそこへ行ったら、大仏さんの座っている台座と呼ばれる部分、そこは蓮の葉のかたちをしているので蓮弁《れんべん》といいますが、ぜひそこをよく見たほうがいい。あの蓮弁の部分にはじつは天平時代に、つまりもとの大仏さんが造られたときに線刻された華厳経の世界、つまり曼陀羅的宇宙世界がぎっしりと描かれているんです。大仏さんはご承知のように二度焼けています。一回目は源平の合戦のときに平 重衡《たいらのしげひら》による南都焼討で焼かれ（一一八一年）、二度目は戦国時代に松永弾正久秀《まつながだんじょうひさひで》に焼かれた（一五六七年）。今あるのは元禄時代（一六九一年）に公慶《こうけい》上人という人が再興した仏像ですが（公慶上人が造りなおしたのは主に頭部で、肩から下は鎌倉時代の像の部分が、また結跏趺坐《けっかふざ》している膝もとには天平時代の像の部分が残っています）、台座の蓮弁のところだけにじつは天平時代のもとの部分がほぼ完全に残っているんです。その部分の表面にちょうどエッチングのようなかたちで華厳経の宇宙世界が線刻されているんですね。大仏殿に行ってここを見ないと損をします。今度行かれたときはぜひそこを見てください。ついでにいうと大仏殿の前にある灯篭《とうろう》も天平創建当時のものです。

大仏殿の世界が表現する華厳経の宇宙、言い換えれば最高度の広がりを持ったイメージャリーな宇宙論的世界によって、七世紀から八世紀にかけての国家の庇護のもとにあった最新文明としての仏教はまさに頂点へ達します。仏教が国家観も含めた形で普遍的世界観として深化されたといってよいと思います。そして後で触れますが、その世界がそのまま平安密教の世界へと接続されてゆきます。これも後で触れますが日本密教の祖空海が東大寺で学んでいるのは象徴的だと思います。

5. 現世《げんせ》離脱へ

日本の仏教が変わるのが平安時代に入ってからです。これには上記の華厳経的世界の他にもいくつかの要因が考えられます。一つは鑑真和上の渡日（七五四年）だったと思います。鑑真和上は当時としては極めて新しい、おそらくは密教を含む新しい仏典を日本に多数請来しているんです。たぶん鑑真が請来した新しい仏典を通して、それまでの仏教とは違う世界というものに触れることができるようになった。密教は、自分自身が非常に厳しい修行をすることによって仏へと近づく。それはおいそれと人に明かしてはいけない秘密の修行になるわけです。要するに、自分自身の修行を通して、仏あるいは仏に体現されている全宇宙の秘密というものを自分自身の信仰というものを通して体得していく、そこへつながっていくということです。鑑真が持ってきた初期の密教はたぶん純粋な密教ではなくて、まだ他の教えの入り混じっている雑な密教という意味の「雑密《ぞうみつ》」だったろうと思いますけどもね。ただ、鑑真和上は当時の唐の密教修行の拠点のひとつであった天台山ともかかわりがあった人だから、恐らく密教がそのころ伝来したことは間違いないと思います。実際鑑真の建てた唐招提寺の講堂には、明らかに密教の儀軌《ぎき》（仏像の造り方のマニュアル）に則って造られたと思われる多数の木造一木《いちぼく》づくりの仏像が残されています。

もう一つ、奈良時代の後期に、たとえば行基《ぎょうき》というお坊さんが登場します。行基というのは私度《しど》僧です。日本の仏教は当時完全な国家仏教だったから、お坊さんになるにも国家の許可が要るわけですね。国家は公認したかたちで、おまえさんは坊主になっていいよと。そうすると国から給料が出る。ところが行基は違う。私度僧というのは、自分で勝手に出家して坊さんになった人のことをいいます。当時それは厳しく禁じられていました。つまり行基というのは当時の法を犯した犯罪者だったわけです。だから行基も、行基を慕って彼のもとへ集まってきた人たちも初めは当時の朝廷によって厳しい弾圧を受けます。しかし弾圧しても弾圧しても、行基を慕う民衆の集団というものがなくならない。なくならないどころかどんどん拡大していく。それで朝廷はしょうがないから大仏建立の仕事に協力をさせるというかたちで行基を体制側に取り込もうとするわけです。行基には方々で道路を作ったり井戸を掘ったりしたという伝説が残されていますが、おそらく土木・建築工事の技術にも通じている有能な社会事業家だったんだろうと思います。大仏建立にはうってつけの人材だったともいえます。

唐招提寺講堂如来形立像

さてその行基の存在によって象徴されているのが、先ほど言った私度僧という、国家の統制が効かない、個人個人が自分の内面的な宗教的契機を通して仏教を学びたい、修業したいというふうなかたちで坊主になっていく人たちの登場です。日本の歴史の中に初めて宗教的契機が個々人の内面性と結びついて登場してきたということですね。つまりこの人たちは、ある種の宗教的動機というか、宗教的な内面性というものを日本の歴史の中

東寺五重塔（現在の塔は江戸時代の再建）

行基像

で初めて持った集団であったろうということです。私度僧、あるいは優婆夷《うばい》とか、優婆塞《うばそく》、優婆塞というのは勝手に坊主になった男で、優婆夷というのが勝手に坊主になった女の人のことをいいます、こういう人たちが日本の仏教を変え始めた。

そうした人でもう一人名前を挙げておくと、良弁《ろうべん》、のちの良弁大僧正《だいそうじょう》がおります。この人はなかなかのやり手で、最後には東大寺の最高権力者になるんだけど、この人もじつは最初はどうも私度僧だったらしい。よくわからない人です。昔、東大寺の二月堂の前のなだらかな丘になったところに良弁杉という大きな杉が生えていたんですけど、台風でやられちゃって（一九五一年）今はありません。切り株だけが残っています。この木がなんで良弁杉といわれるかというと、ある日東大寺のお坊さんがこの杉のところに行くと、ぎゃーぎゃーと杉の上から赤ん坊の泣き声が聞こえる。変だなと思ったら本当に赤ん坊がいた。鷲が赤ん坊を引きさらってきてそこに落としたんです。その鷲が連れてきた赤ん坊がのちの良弁だったというのですね。こういう伝説があるということは、逆に言えば良弁の出生というか、どういう育ち方をしたかがわからないということを表わしていると思います。あるいは私度僧であったという過去を隠したいというふうなこともあったのかなと。

こういう僧たちが徐々に奈良時代の後期あたりから出始めている。良弁にしてもそうです。東大寺は奈良山のふもと、今の若草山とか春日の山の中腹をわーっと削って平らにして建てた寺です。もとはずっと丘になっていて、その丘の途中に良弁が自分の修行のための小さなお寺を建てたらしい。それが東大寺の原型で、今の大仏殿の東側をちょっと登ったところにある二月堂や三月堂のあたりがそうだったんじゃないかといわれています。そこが原東大寺だったわけですね。そのように山の中に隠れて自ら修行するというふうなかたちで、本格的に自分の信仰に内面的な形で取り組もうとするような宗教者たちが、どうもこのころから初めて日本の中に登場したらしい。

平安時代になると、その傾向はもっとはっきりしてくるわけです。一つは平安京を創建した桓武《かんむ》天皇が国家による仏教の庇護をやめてしまったことが大きかった。京都、つまり平安京にはもともと東寺と西寺《さいじ》という二つのお寺だけしか認められなかったわけです。しかも東寺にしても西寺にしても、お寺というよりは、唐の長安にあった鴻臚寺《こうろじ》のような迎賓館《げいひんかん》なんですね。桓武天皇はその鴻臚寺に倣って、一種の迎賓館として東寺・西寺という寺を建てたんだろうと思います。西寺はなくなりましたが東寺は今でも残っています。新幹線で京都駅に着くと東寺の五重塔が見えて「あぁ、京都に来た」って感じがします。東寺の五重塔は日本でいちばん高い塔です。もっともこの頃はまわりに高い建物が増えてあまりよく見えませんが。

平安京から仏教が切り離されてしまってどうなったかというと、空海とか最澄といったような人たちが、比叡山とか高野山のような都から遠く離れた山の上にお寺を建てるわけです。現世から切り離すということです。そこから出てきたのが、後の話ともつながるわけだけれども、仏教の教えというものを現世から切り離すという現世離脱の傾向なわけですね。

それと関連しますが、八九四年、平安京に遷都（七九四年）してちょうど一〇〇年後に菅原道真の建白によって遣唐使が廃止されます。ここから事実上文化的鎖国状態へと、日本はしばらく入っていく。渤海なんかとの交渉があったから本当は鎖国じゃなかったんじゃないかという気もするけど、一般的にはそういわれています。そこから国風文化といわれるものが形成されるということになります。仏教思想の観点からいっても、九世紀の終わりから一〇世紀、このあたりがもうひとつの平安時代の中における大きな転機だったと思うんです。

6．末法思想の浸透と浄土信仰

ここでようやく今日の話へつながってくるのですけども、浄土信仰がちょうどそのころから現れてくるわけです。大体、日本で浄土信仰が現れてくるのは一〇世紀ぐらいと考えていいんじゃないかと思います。

もちろんその前の密教の問題、あるいはそれを中国から日本へともたらした最澄や空海の問題にも本当は触れなきゃいけないんだけど、これはちょっと手に余る話で、たとえば空海の仏教思想なんかぼくの理解能力じゃよくわからない。彼は日本のレオナルド・ダ・ヴィンチみたいな人で、日本の歴史の中で真の意味で天才と呼べる人間がいるとしたら、それはただ一人空海だけです。日本二〇〇〇年の歴史の中で空海というのは、たった一人の天才なんですね。あとは天才などだれもいないというくらい、もう本当に空前絶後の天才だった。何がすごいかというと、空海は、あらゆる分野で行くところ可ならざるなしという人だった。八〇四年に遣唐使とともに唐に渡るのだけれど、たとえば着いたその日から中国語にまったく苦労しなかったということだって信じられないんですよ、ドイツ語教師であるぼくの身としては（笑）。空海の乗った遣唐使船は嵐で流されて南のほうの福州に着くわけですね。そこで地元の長官の許可をもらって初めて長安へ行けるわけだけれども、長官は空海たちの乗った船の一行に長安へ行く許可証をなかなか出さなかったらしい。海賊の疑いをかけられたからだといわれています。正使が何度嘆願書を出してもはねつけられて、いつまでたっても足止めが解けない。それが五〇日くらい続くわけです。そこで空海が、正使に代わって長官宛に手紙を書いた。その手紙を読んだ長官がすっ飛んできて、この手紙を書いたのはどなたですかっていう話になります。あまりに見事な中国語であり書蹟だったからです。そして即座に長安への許可証が出た。しかも長官は一行をもてなすための大宴会まで開くんです。そして宴会に参加した地元の知識人たちが空海の次々に書く詩と書を見て驚嘆する、いったい何でこんなことができるんだと。当時の中国の知識人たちがかなわないと思うほどの詩賦《しふ》の表現力、あるいは書の才能を空海は持っていた。じゃあいったい空海は中国へ来る前にどこで、どんな修行をしてそんな力を身につけたのか。東大寺で修行をしたとか、四国の石槌山《いしづちやま》で修行したらしいとかいろいろ伝承はありますが、とどのつまりよくわからないんです。ただ空海が四国を本拠とする佐伯氏の出身なので四国と縁が深かったことは確かだろうと思いますが。現在もある四国最大のため池満濃《まんのう》池は空海が作ったといわれています。正確にはもとあった小さなため池が決壊してしまったのを空海が改修したのでした。しかも空海はその難工事をわずか数ヶ月で完了させます。これは記録が残っているので確実だと思います。空海は行基と同じく土木建築の才にも恵まれていたようです。なにせほとんど独力で相当高い高野山の山上を切り拓いて金剛峰寺《こんごうぶじ》を建てたくらいですから。とにかくそういうかたちで中国人をも瞠目させた空海は、長安に着くとたちまち長安の文学界というか文芸界の寵児になります。書があまりにうまかったので時の唐の皇帝から五筆和尚《ごひつわじょう》という称号を授けられたくらいです。ほんとうに何でそういうことが可能だったのかわかりませんね。ぼくのつたない読解力でも、空海が書いた文章というのはやっぱりすごいと思う。空海はいわゆる四六駢儷体《しろくべんれいたい》を非常に巧みに駆使したといわれています。四六駢儷体というのは対句といって、「何々は何々してあり」「何々は何々してあり」という二つの対照関係にあるフレーズを配してゆくレトリックのスタイルです。できたのは三国時代か南北朝時代の頃だろうと思います。非常に華麗な表現効果があるのですが、空海が行った頃の唐の時代ではほとんど形骸化して飽きられ始めていた。ところが空海がもう一度、四六駢儷体のスタイルに活力を与えて復活させたといわれています。空海には『文鏡秘府論《ぶんきょうひふろん》』という文芸論があります。これは面白いと思います。といっても漢文でそう簡単には読めませんが。

ただ空海がいかに中国詩賦文芸の伝統、音韻、表現技法等に精通していたかは少し読んだだけでも如実に分かります。戦後国文学界における最高の鬼才といってよい小西甚一が、詳細な『文鏡秘府論』のテクスト校訂および研究を行っていますが、[24] これは凄い仕事だと思います。仏教思想に関しては、悟りへの諸段階に既存の様々な思想を当てはめながら最後に至って真の悟りを可能にしてくれる最高思想としての真言密教の真理を弁証するという壮大な体系の書『十住心論《じゅうじゅうしんろん》』という本がありますが、これは難しくてよくわかりません。関心がおありの方は筑摩書房から『空海全集』全八巻が出ていますからぜひご自分でお読みください。[25] いずれにしても空海は空前絶後の天才として密教の教義を究めます。それは、唐で師の恵果《けいか》から、恵果がインド出身の僧不空金剛《ふくうこんごう》から伝授された真言密教の教えを中国人の弟子たちをさしおいて受け継いだことに現れています。インド、中国、日本の三国で真言密教の教えを正式に代表するのは空海ただ一人だったわけですね。空海に関してはすでに生前から伝説化が始まりその死後は弘法大師として文字通り伝説になるわけですが、逆に言えば天才ゆえにその教えを真に引き継ぐ弟子がいなかった。そのため真言密教は平安時代あまり大きな勢力になりませんでした。それに対して最澄のほうはいわゆる「秀才」だったんですね。朝廷の委託を受けて手際よく天台密教を学び空海にも助けられて日本へ教義を持ち帰ると、早速国の許しを得て比叡山に延暦寺を建立し天台宗の基礎を確立します。以後延暦寺は日本仏教の本拠地となり政治的にも一大勢力になります。これからお話しする浄土信仰の日本におけるパイオニア恵心《えしん》僧都源信《そうづげんしん》だって法然だって親鸞だって皆まず比叡山で修行を始めているわけです。

さて、一〇世紀のころからその浄土信仰が始まります。この背景にあったのが、ぼくの考えでは

弘法大師空海

伝教大師最澄

末法《まっぽう》思想という問題だったと思います。釈迦が亡くなってから五〇〇年から一〇〇〇年は、釈迦の教えが正しく行われている「正法《しょうほう》の時代」が続く、それから次に教えが形式的に受け継がれてゆく「像法《ぞうほう》の時代」がくる、そして最後に教えが完全に忘れられてしまう「末法の時代」がくるという考え方です。それは文字通り「末世」、暗黒の時代、闇の時代なわけですね。

平安時代の人たちは、ちょうど一〇世紀から一一世紀にかけてのころだと思うんですけど、われわれは「末法の時代」に入ったという歴史意識を持った。正法は教えが正しく行われる時代で、像法は仏像を造って仏像を崇めるというかたちで釈迦の教えが伝わる時代だった。さしずめ飛鳥から天平時代にかけてが日本の像法の時代ということになるでしょうか。そういう時代が終わって平安時代になり一〇世紀から一一世紀のころに末法に入ったということです。つまり我々の時代にはもう釈迦の正しい教え、仏様の正しい教えが行われなくなってしまったという意識ですね。これはヨーロッパに当てはめれば終末思想ということになります。ミレニアスム、終末論の思想です。この終末思想が末法思想というかたちで平安時代のちょうど真ん中ぐらい、一〇世紀から一一世紀ぐらいに登場してくる。

この末法思想では、つまりわれわれの現世というのはもう末法の世に入ってしまっている、ということは、この現世の中にはもはや救いの契機はない、この現にある世界、現世にとどまり続ける限りは、いくらお経を読んでも、修行をしても、自分たちが救われることは絶対あり得ないんだということになります。何となればこの世界は末法の世界、つまり法の絶えてしまった世界だから、いわば命綱が切れて漂流しているゴムボートみたいなものである。どこに着くかもわからない。ここにとどまる限りは、われわれは正しい仏教の教えを通して救いへと至るということは出来ないというわけです。これはおそらく仏教思想にとっての非常に大きな転換点だったと思います。そしてその背景にあったのは古代律令制国家の枠組みがこの頃から大きく解体へと向かっていったことだと思います。

浄土信仰はもともと南北朝時代（五～六世紀）の中国で誕生します。これは後でも触れますけれども、法然にしても親鸞にしても、基本的に浄土信仰、念仏信仰というものの基礎に置いていた教義というのは、浄土信仰の開祖といわれる曇鸞《どんらん》というお坊さんが書いた『浄土論註』であるとか、さらに遡って四世紀頃のインドの僧だった天親（興福寺北円堂に残る運慶の肖像彫刻の傑作「無著《むちゃく》・世《せ》親《しん》」像で知られる世親＝バスバンドゥのことです）の『浄土論』、さらには七世紀唐の時代の善導の『往

運慶作世親像（興福寺）

生礼賛』などでした。後の話とのつながりでいうと、「往相・還相」という言葉は曇鸞の、「横超」という言葉は天親の著作に由来します。

平安時代に慈覚大師円仁《じかくだいしえんにん》というお坊さんが最後の遣唐使とともに唐にわたり修行しますが、そのときの体験を描いた旅行記『入唐求法《にっとうぐほう》巡礼行記』[26]という本があります。これがじつに面白い本で、おそらく日本の留学文学のはしりといえるんじゃないでしょうか。そこに記録があるんだけど、八四二年ころ、当時の唐の武宗という皇帝が道教を非常に熱心に信仰していて、どうも道教の坊主に唆されたんだと思いますが、仏教に対する大規模な弾圧をやるんです。全国数千カ所にわたって仏教寺院を破壊して経典を焼き捨て、坊主たちを追放した。「会昌《かいしょう》の廃仏」といいます。これによって中国の仏教の組織および教義体系はずたずたにされてしまったんです、この弾圧のせいで、ちょうど芽ばえかけていた浄土信仰が中国に伝統的に根づくことがないまま終わってしまった。どうもそういう経緯があるみたいですね。結果的に浄土信仰は日本において定着する。そういえばこの廃仏の際に急遽帰国することになった円仁が、途中現在の河南省にある法王寺というお寺で法難を恐れて仏舎利を埋めようとしているところに行き会い、その経緯を記した石板が発見されたというニュースをやっていましたね（二〇一〇年夏）。それにしても、インド、中国、朝鮮、日本と仏教の歴史をざっと概観してみると、日本の仏教史の一つの大きな特徴というのが、この浄土信仰の異様な熱狂というか、浄土信仰にいわば仏教のエトスみたいなものがみんな収斂していくというのはちょっと他の国にはない現象です。その背景には、じつはこれは後の主題にもなるわけだけれども、平安時代から鎌倉時代にかけて、日本の社会というか日本の民衆レベルまで含めて、この末法思想というものが異様なほど浸透していったということがあると思います。この末法思想の異様な浸透というものがなければ、あれほど浄土信仰というものが熱狂的に高まっていくということもあり得なかった。これがある意味では日本固有な仏教思想というものの起源につながっていくんじゃないかというふうに思います。

7．「厭離穢土《おんりえど》・欣求《ごんぐ》浄土」

平安時代の浄土信仰が法然、親鸞の念仏信仰、浄土宗、浄土真宗の信仰の起源にあることはいうまでもありません。では日本におけるこの浄土信仰というものがどういうふうに始まったかというと、二つの面があったと思います。一つは教義面です。これはご存じの方も多いと思いますが、教義面でこの浄土信仰を基礎づけたのは恵心僧都源信というお坊さんでした。この恵心僧都源信が書いた『往生要集《おうじょうようしゅう》』(27)（九八五年）は、厳密にいうと源信のオリジナルではありません。浄土信仰にかかわるさまざまな仏典のいろんな個所を編纂し、そこに注釈を加えて、浄土信仰というものはこういうものであるということを体系的に初めてまとめ上げたものです。さっき言ったように中国では弾圧のため仏教の教義体系が途絶えてしまいました。そのため後に『往生要集』が中国に逆輸入され、空白になった教義を埋めるための助けとして広く読まれます。

この本は三部からなっていますが、最初の第一部が極めて象徴的です。「厭離穢土」という章で始まるんです。戦国時代に徳川家康や上杉謙信が必ず軍勢の先頭に立てる旗に記した言葉ですね。要するにこの世の中は汚い世界である、汚辱にまみれた汚い世界だから一刻も早くこの世界を離れたいという現世離脱の発想を示す言葉です、この「厭離穢土」という言葉は。この「厭離穢土」とペアになっているのが「欣求浄土」です。浄土を求めるということですね。このふたつの言葉を組み合わせると、汚い現世を一刻も早く離れて浄土へ往きたいという思想になります。ではこの『往生要集』の第一部のいちばん最初に出てくる「厭離穢土」という章で一体何が語られているのか。じつはこれでもか、これでもかって八種類の地獄の恐ろしさを描写するわけです。地獄がいかにひどいところかというのを延々と詳細に描写するわけですね。浄土ってどういうところかが出てくるのはずっと後のほうです。二巻の真ん中ぐらいにならないと出てこない。まず地獄のむごたらしいさまの描写から始まるわけです。

結局そういう地獄のイメージというものを通して、いかにこの世界というものが、もちろんこの世界が地獄そのものであるわけじゃないんだけれども、地獄に直結しているかということが、つまり源信の中で明らかに地獄と現世とが因果応報によって結びつけられたかたちで語られるわけです。つまり地獄を語ることによって、この世界、いま現におまえが生きている世界は徹頭徹尾汚い世界なんだ、救いのない、もうどうしようもない世界なんだということが語られる。だからそこを離れるんだと。じゃあ、どこへ向かって離れるのか。それは阿弥陀仏がいる浄土に向かってなんだと。なぜ阿弥陀仏か。これは『大《だい》無《む》量《りょう》寿《ず》経《きょう》』(28)というお経があるわけですけれども、『大無量寿経』によると阿弥陀仏は四八の願い、「四八願」を立てたというふうに書いてあるんです。手っ取り早くいえば「四八願」というのは、この世界の中に、この世に存在している救われない衆生《しゅじょう》を、この現世という救われない世界にとどまっている衆生を、残らず浄土へと救い上げたいという願いのことです。阿弥陀如来はこうした願を立てたというわけです。末法の世にこれほどありがたい仏さんはいません。『大無量寿経』における、この阿弥陀の「四八願」というのが、浄土信仰の基本的な土台になっているわけです。この「四八願」をかけた阿弥陀如来という願主、その願主のいる浄土へと一刻も早く現世を逃れて向かいたいという信仰が、この浄土信仰にほかならない。それを教義として、日本で最初に体系的にまとめたのが、この恵心僧都源信の『往生要集』であったということです。

恵心僧都源信像

　もう一人、ちょうど同じころ、これは教義ではなくて実践の面から浄土信仰を広めたのが空也と呼ばれるお坊さん、「阿弥陀聖《ひじり》」と呼ばれた空也上人です。空也は文字通りすべてを捨てて、紙で

空也上人像(六波羅蜜寺)

できていたといわれているぼろぼろの衣をまとって、鹿の角のついたつえをつき、金《きん》鼓《こ》っていうんですかね、小さな太鼓みたいなのを胸に下げ、それをたたきながら京の町から町を「南無阿弥陀仏、南無阿弥陀仏」と叫びながらずっと歩いてまわったといわれています。その伝説をかたちにしたのが、京都の六波羅蜜寺《ろくはらみつじ》にある、運慶の四男康勝《こうしょう》が造った有名な空也上人立像です。あれは、空也が念仏を唱えている様を、空也の口から小さな仏様、阿弥陀さんが出ているという形で造形しています。源信が教義面から浄土信仰を広めたとすれば、空也は実践的に広めた。そしてこれも後の話で関係してきますが、空也のスタイルのなかから捨聖《すてひじり》と呼ばれる浄土信仰の求道者たちが現れるわけです。これは空也だけの問題じゃなくて、ちょうどこのころ平安の貴族たちの間で、いわゆる出家遁世《しゅっけとんせい》の欲求というのが非常に強まっていました。『日本往生極楽記』という出家遁世伝や『池亭記《ちていき》』という日記みたいな文章を書いた慶滋保胤《よししげやすたね》[29]なんかはその典型です。一〇世紀から一一世紀ごろの人で、貴族だったんだけれども出家して山の中に庵《いおり》を建てた。どうもちょっと「あたたかい、かい」人だったらしくて、『今昔物語』の第十九巻にはこの人の失敗談みたいなエピソードが残されています。このように貴族から民衆のレベルまで含めて、出家遁世への欲求が高まってゆく。

やっぱりこれも現世離脱の志向なわけですね。つまり「厭離穢土・欣求浄土」を現世離脱のかたちで表現したいという意欲がかつてなく高まってくるわけです。

また余談になりますが、平安時代の貴族の食生活を見ると、栄養がものすごく偏っていて、極端に過剰な穀物摂取が目立ちます。ようするに大量の米の飯を食べる一方、ミネラルとかビタミンとか、もちろんタンパク質もそうだけど、それらの摂取量が極端に少ないという非常にアンバランスな食事を貴族たちはしていた。しかもこのころから宴会では大量の酒を飲むようになる。酒といってもどぶろくですね。まだ澄んだ清酒はない時代ですから濁り酒です。穀物の成分がまだ濃厚に含まれているわけです。そうすると栄養学的にどうなるかというと、たとえば藤原道長は糖尿病であったろうというふうにいわれていますが、まず糖尿病が出る。他にも栄養不良からくる抵抗力の低下の結果と考えられる癰《よう》という腫瘍のせいで命を落とすひとが多かった。ただここで問題なのは糖尿病に起因する譫妄《せんもう》状態、つまりある種の錯乱というか幻覚というか、そういうものがおそらく非常に多かっただろうということです。何も糖尿病だけではなかったかもしれない。もっと全般的な栄養のアンバランスから来る譫妄状態、つまり錯乱や幻覚に、当時の平安時代の貴族たちというのはかなりの頻度で襲われていた可能性が高かったんじゃないかと思われます。それが貴族だけでなく、一般庶民にも広がっていたことは、『今昔物語』や『宇治拾遺物語』などあの時代の物語に、もののけにあった話や、それこそ「陰陽師」の世界の話がいっぱい出てくることからわかります。これはようするに当時の人々の栄養状態のアンバランスからくる、一種の集団幻覚状態みたいなもののせいではないか、とりわけ平安京、京の都にはその傾向が強かったのではないかということがいわれています。こうしたことも末法思想が異様に浸透していった背景にあったのかもしれない。

そのあたりは中世末のヨーロッパにおけるペストの流行がもたらした集団恐怖とよく似ています。ペスト恐怖のなかから魔女狩りのような集団ヒステリー現象が生じるわけです。恐怖にかられて悪魔や魔女を幻視してしまうのです。ちなみにヨーロッパの貴族の持病は痛風でした。一二〜一三世紀ごろの記録を見ると、当時のヨーロッパの貴族は、一日に大体四キロから五キロぐらいの肉を食べてたろうと考えられているんです。ほとんど野菜は食べなかったそうです。そうなると尿酸値が上がって通風になるのは当然です。まぁ、栄養のバランスを考えた食事が大切だということでしょう。現代だってファストフードやサプリの取りすぎから来る栄養バランスの崩壊が問題になっているわけですから。

8. 浄土観と阿弥陀堂

ところで当時の浄土信仰は具体的にはどういうふうな形で現れてきたのか。『往生要集』なんかを通してみると、一つには「浄土観」があります。〃観〃というのは、観るということなんだけれども、これは単純に「ものを見る」ということではない。仏教の言葉で〃観〃ないしは〃止観《しかん》〃というと瞑想という意味になります。つまり仏教の言葉では、目に見えないものを思い浮かべることを〃観〃というふうにいうわけです。たとえば浄土というのは、現世では絶対に見ることができない、つまりこの汚濁に満ちた世界においては絶対に到達することも絶対に見ることもできない仏の世界ですね。その仏の世界である浄土を自分の心の中でありありと思い浮かべるための修行、これが「浄土観」ということになるわけです。これは実際『往生要集』の中にも書かれていることで、浄土信仰で浄土へ向かうための修行としてまず求められるのが、この自分の心の中で浄土をありありと目に見えるように思い浮かべるための訓練でした[30]。

吉本さんの『最後の親鸞』の中の「教理上の親鸞」の冒頭にこのことがちょっと出てきます。天親の『浄土論』に触れているところです。

「ようするにいつも浄土の荘厳なかがやく光景を想い描き、浄土の主仏である阿弥陀仏の姿を想念に描いてこれを礼拝し、讃歎し、いつもそこに生まれたいという願いを持ちつづけて執着すること」(二五六頁)。

こういうかたちで「浄土観」というものが浄土信仰ではまず求められる。この「浄土観」が、おそらく浄土信仰の最も原型的なかたちだと思います。『往生要集』の場合であれば、その前のところに地獄の恐ろしさをありありと思い浮かべるための「地獄観」の段階があるわけですけれども。つまりまず「厭離穢土」が来て「欣求浄土」がその後に来るわけです。そして「欣求浄土」のための手段が基本的にはこの「浄土観」になります。しかし浄土というものをありありと自分の心の中で、目に見えるように思い浮かべるという修行はそう簡単ではありません。人間の想像力には限界がありますからね。そこでなかなか「浄土観」の修行ができない人たちから手っ取り早く浄土を目に見える形でこの世につくってしまえという発想が生まれます。絵とか仏像(阿弥陀仏)とか建築で浄土を表現しちまえということです。お金がないと出来ませんからやったのはだいたい貴族たちです。こうして平安時代の中期ころから浄土の姿を表わす阿弥陀堂が造られ始めます。阿弥陀堂全体が浄土の空間としてしつらえられることによって、目に見えるものとして浄土が再現されるわけです。阿弥陀堂には阿弥陀如来像が本尊として安置され、壁一面が浄土の様子を描いた絵で飾られます。こういうのを「荘厳《しょうごん》する」といいます。荘厳された阿弥陀堂こそ浄土の現実的姿でした。そして方々の阿弥陀堂の阿弥陀仏を大量に制作するために、寄木造《よせぎづくり》りと呼ばれる新しい仏像の製法が開発されます。幾つかの部分を別々に作ってゆき最後に組み合わせて仏像に仕上げるという製法です。それは定朝《じょうちょう》と呼ばれる仏師によって始められました。金箔を貼られた穏やかで優美な印象のする定朝の阿弥陀仏のスタイルは「定朝様式」と呼ばれ大流行します。この阿弥陀堂の一番代表的なものが、定朝の造った阿弥陀仏のある宇治平等院鳳凰堂になるわけですね。そして一一世紀から一二世紀ぐらいに全国津々浦々、当時の平安貴族たちによって数々の阿弥陀堂が建てられていきます。たとえば九州の大分県国東《くにさき》半島にある富貴寺《ふきじ》というお寺の阿弥陀堂などです。この阿弥陀堂は福島県のいわき市にある白水《しらみず》阿弥陀堂と並び地方にある阿弥陀堂でもっとも優れた建築だと思います。国東半島は仏像の宝庫でたいへん面白いところです。

浄土観にはもう一つ役割があります。浄土信仰において最大のクライマックスになるのは、じつは臨終の場なわけですね。臨終はもちろん死なんだけれども、同時に浄土への旅立ちの瞬間でもあります。臨終を迎えることによって初めて人は浄土へ往けるようになる。だからこれは極めて喜ばしいことでもあるのです。死を迎えることは確かにつらいし悲しいことかもしれないけれども、しかしそれは同時に浄土への旅立ちであるという意味では、人生の最も喜ばしい瞬間でもある。その最も人生の晴れがましく喜ばしい瞬間である臨終というものを、どうしつらえるのか。もっと端的にいえば、この臨終を通して確実に浄土へと向かうことがどうやったら可能になるかということが、じつは浄土信仰の非常に重要なポイントになってくるわけです。だから常日ごろから「浄土観」を怠らないというのは、臨終において確実に浄土へ往けるということを保証するためということになるわけです。日ごろから浄土というものをありありと思い浮かべて、一途にそこに往きたい、往きたいと念じているから、臨終のときにもちゃんと浄土へ往けるんだと。

具体的にいうと、この浄土への旅立ちとしての臨終というのは、来迎《らいごう》によってはじめて可能になるわけです。つまり自分のほうから勝手に浄土へ往くわけじゃないんです。臨終を迎えた死者のところへ来迎というかたちで、阿弥陀聖衆《しょうじゅう》と呼ばれる阿弥陀さんと阿弥陀さんの脇時《わきじ》である観音菩薩と勢至菩薩、そのほかのさまざまな菩薩さんや天部《てんぶ》と呼ばれる人たちが雲に乗って西方《さいほう》浄土から迎えにやってくる。この阿弥陀聖衆に迎えられて浄土へとめでたく旅立つわけです。今でも亡くなることを「お迎えがくる」というのはこの名残りです。これが来迎になるわけです。来迎というかたちがなければ浄土へ行くことはできないのです。そういう来迎図がこのころ数多く描かれています。その代表作が高野山にある『阿弥陀聖衆来迎図』

阿弥陀如来像（平等院鳳凰堂）

富貴寺阿弥陀堂（大堂）

です。あの絵に描かれたようなかたちで阿弥陀さんたちが迎えに来るわけです。一本一本色の違う五色の糸を、自分と阿弥陀さんの五本の指に結びつけて臨終を迎えるというようなやり方をという記録も残っています。

では確実に来迎を迎えるためにはどうするのか。日ごろから浄土観を行うことが大事なのはいうまでもありません。そして浄土観の中に念仏を唱えることも当然含まれています。しかしこの段階では、念仏そのものはまだ浄土信仰の中心ではなかったのではないか。ぼくはそう考えていいと思っています。念仏に象徴される純粋な内面的信仰が浄土信仰の中心ではなかったということです。大事なのはとにかく思い浮かべること、ありありと浄土の姿を思い浮かべ、そこへ往きたいと念じ続け、そして臨終において確実に阿弥陀如来と自分がつながっていることを、お迎えが来るという形で証明しつつ浄土へと向かうということです。阿弥陀堂もその手段の一つです。こういう浄土観を中心とする信仰の流れ、サイクルを通して浄土信仰はだいたい一〇世紀に始まり一一世紀から一二世紀ごろに完結をしていたというふうに考えていいだろうと思います。

こういう浄土信仰というものがすでに存在していた中から、法然、親鸞、さらには一遍といったような、鎌倉の念仏信仰の宗教者たちが登場してくるわけです。

9．イメージ的なものの呪縛

あらためて、この平安期の浄土信仰というのがどういうものであったかというのを考えてみると、ある種の宗教的内面性への志向が出てきていることは確かです。でもやはり本当に中心にあったのは浄土観ですね。これはイメージの世界なんです。さっき述べたように、本当は自分の心の中で思い浮かべなさいということだけれども、そういう能力のない者はもう自分でつくっちゃえという話になる。浄土を実際に自分の目で見るために、お寺を建てて絵を描いたり仏像を造ったりするわけです。その点から見れば、日本仏教は七世紀から八世紀の仏像中心型の仏教のあり方から、平安時代に入ってある種の内面的転換を経ながらも、やはり目に見えるイメージャリーなものに呪縛されているということになると思います。

空海や最澄にしても、一方で極めて高度な密教の信仰と教義を究めてゆくわけですけど、その一方ではやはりある種のイメージャリーなものに依存しています。特に空海は仏教的世界をイメージを通して演出する才能に関しても天才的でした。ほんとにいやになっちゃうくらい万能の人です。前に触れた京都の東寺、西寺とともに桓武天皇によって作られた京都のたった二つの官寺のひとつ

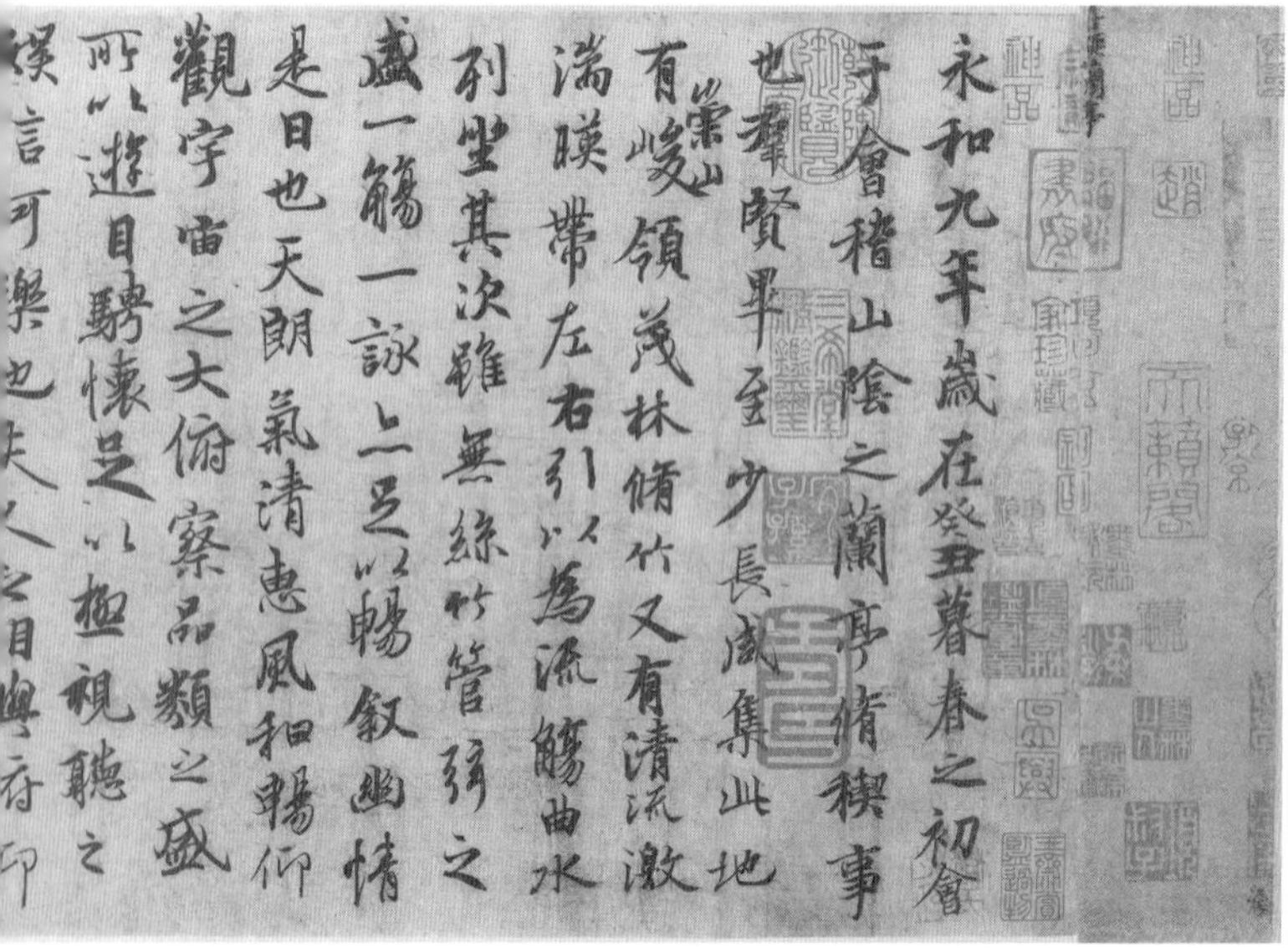

ですね。八二三年空海は真言密教の道場としてこの寺を嵯峨天皇から下賜されます。空海はこの寺を移入されたばかりの密教の教義を具体化するための場にすべく、プロデュースおよびデザインの全てを手掛けました。東寺の建物は全部焼けてしまった（一四八六年）けれども、幸いなことに空海や空海に指導された弟子たちが造った仏像が大部分残されています。これらの仏像は現在講堂の建物に安置されていますが、密教によって新たに創造された、主としてヒンドゥー教の神に由来する明王《みょうおう》（不動明王を中心とする五大明王など）や天部（梵天《ぼんてん》、帝釈天《たいしゃくてん》など）の色鮮やかでエキゾチックな像が曼荼羅の世界観に従って配列されている様はじつに壮観です。

なお東寺には他にも空海が最澄にあてた三通の書簡「風信帖《ふうしんちょう》」も残されています。日本の書の歴史における最高の名宝です。ちょ

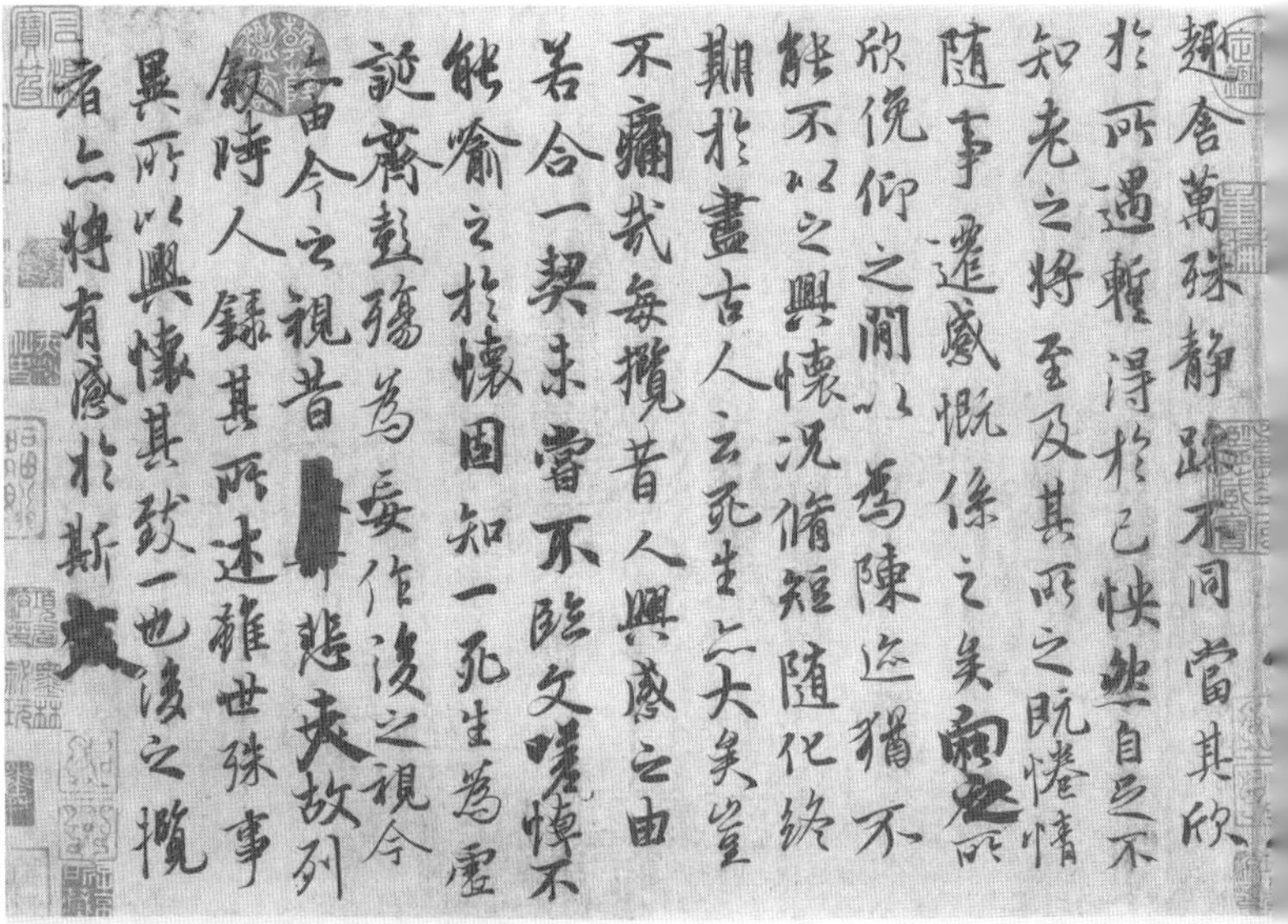

蘭亭序

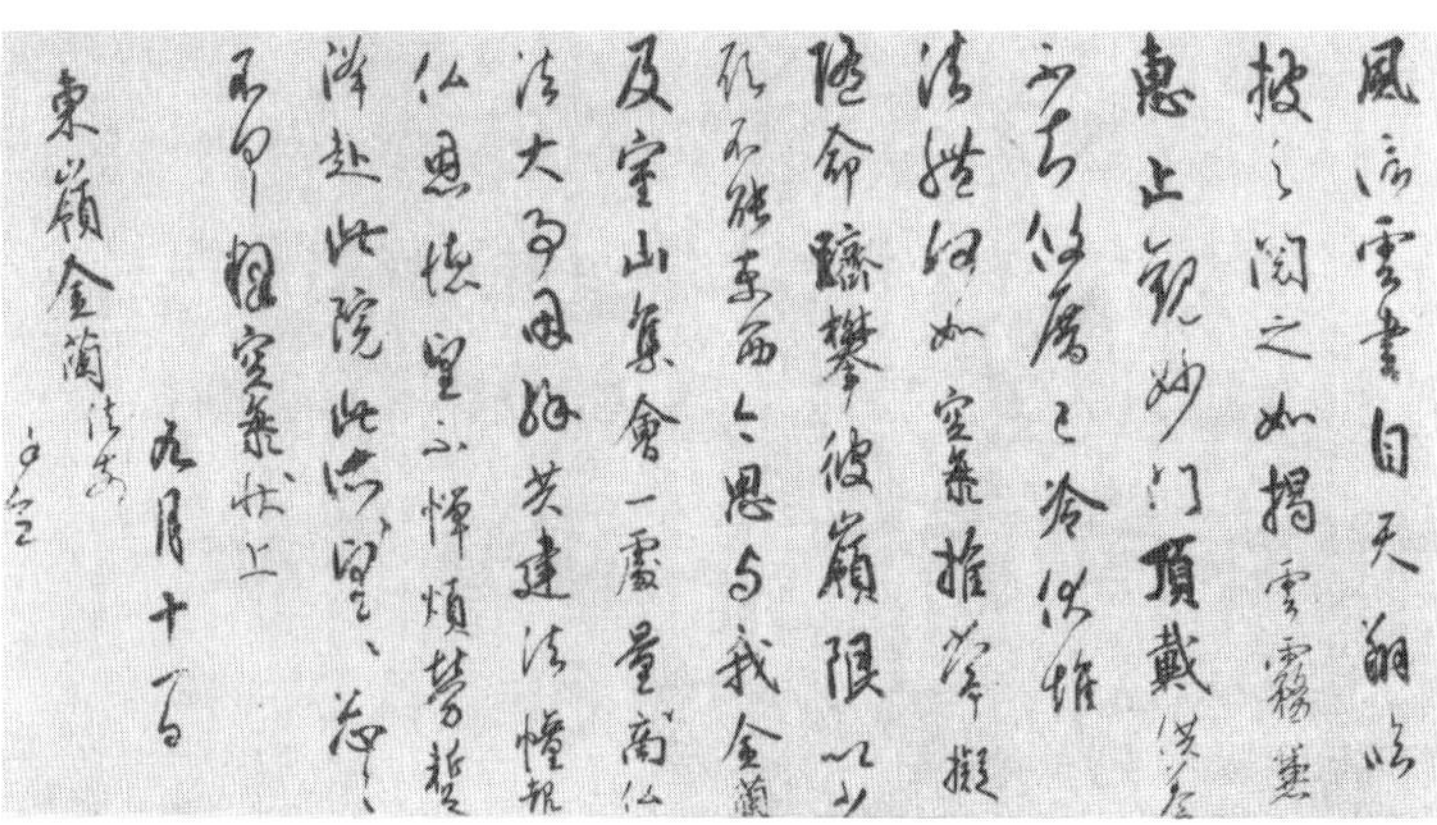

風信帖

薬師如来像（新薬師寺）

五大虚空蔵菩薩像（神護寺）

うど中国における書聖王羲之《おうぎし》の「蘭亭序《らんていじょ》」みたいなもんですね。「蘭亭序」のほうはほんものを漢の太宗《たいそう》皇帝が死ぬときいっしょに墓へ持ってっちゃったんで今残っているのは模写や拓本だけです。「風信帖」は空海の真筆ですからこっちのほうが価値は上かもしれません。空海がもともと創建したのは高野山金剛峰寺でしたが、残念ながらここには空海当時のものはほとんど残っていません。ともかく東寺の講堂に残されている仏像だけが、空海が考えていた密教的世界というのがどういうものであったかというのをたどる具体的な手掛かりなんですね。

　京都の北山にある高雄神護寺《たかおじんごじ》に薬師如来の像があります。おそらく七九〇年代あたり、奈良時代の末か平安時代の初めに作られた仏像です。一本の檜《ひのき》の木からすべての部分を刻み出したいわゆる一木造の像で、森厳な雰囲気をたたえた平安初期の時代の、いわゆる貞観《じょうがん》・弘仁《こうにん》彫刻といわれる仏像様式の典型的な作品です。この神護寺は空海が修行したことが分かっている数少ない寺の一つです。おそらくこの仏像なんかも場合によっては空海とのつながりがあったのかもしれない。ただこの仏像は本当の意味での密教系ではないと思います。密教系の仏像というのは本来ゴテゴテしてて非常に装飾性が強いんです。やはり神護寺にある五大虚空蔵《こくうぞう》菩薩は典型的な平安初期の密教彫刻です。

こういうふうに見ていくと分かるんだけど、平安時代にある種の内面的な信仰の芽生えというものが確かに起こった。日本における仏教というものがある種の内面的信仰というべきものと結び付きながら、本来の意味における宗教というものへとゆるやかに転換をし始めた時期であったことは間違いない。しかし同時に、日本の仏教が飛鳥時代に伝来して以来取り憑かれていたイメージ的なものの呪縛といったらいいか、目に見えないものを目に見える形で表現するという、ある種のフェティシズムの呪縛というものから、平安時代の仏教というものも依然として自由ではないということが、じつは浄土信仰のあり方からも見えてくるわけです。

10．鎌倉仏教の思想的転換

ここで時代は鎌倉へと移ってゆきます。そしてそれは日本仏教史から見た場合、法然や親鸞、一遍の浄土信仰の誕生の時代、あるいはさらに栄西《ようさい》の臨済禅、道元の曹洞《そうとう》禅、日蓮の法華経信仰も含めた鎌倉新仏教の誕生の時代です。そして平安時代に十分に深められなかった内面的信仰の問題がこの時代になって前面に登場してきます。

つまり平安時代までの日本仏教の歴史と鎌倉新仏教を比べた場合、その間に、じつに驚くべき根源的な思想的転換が起こっているんです。吉本隆明がなぜ『最後の親鸞』を書いたか。これはいろいろな動機があるのだろうと思うんだけれども、根本的には、この平安仏教と鎌倉仏教のあいだで生じた根本的転換、古代から鎌倉とともに始まる中世への時代転換とともに生じたそれまでの仏教と新しい鎌倉仏教とのあいだの目もくらむような大きな断絶、転回というものがいったい何であったのかという問題だと思うんですね。同じ仏教、同じ経典、教義に基づいていながら、平安時代までの古代仏教と鎌倉新仏教では、宗教としての、信仰としてのあり方がまったくといっていいほど違ってしまっている。同じ仏教という枠の中にありながら中身が根本的に違ってしまっているわけです。

吉本さんの『最後の親鸞』の根源にある問題は、何がこうした鎌倉仏教における日本仏教史の根本的ともいえるラディカルな転換をもたらしたのか、促したのか、その要因というのはいったい何だったのかという問題です。あるいは、その転換を通して生まれてきた鎌倉新仏教はいったいどのような本質および性格を持っていたのかという問題といってもよいでしょう。これが吉本隆明の『最後の親鸞』の起源となる問いだと思います。

今述べたように鎌倉新仏教とともに登場してきたのは、法然、親鸞、一遍、栄西、道元、そして日蓮です。鎌倉新仏教の始祖はこの六人です。このうち、法然と親鸞、一遍が浄土で、栄西と道元が禅、日蓮が法華ですね。ではなぜ吉本さんにとってその中でも親鸞なのかという問題が当然その次にあるわけです。

平安仏教から鎌倉仏教への流れ、これは時代全体として見れば、平安時代から鎌倉時代への推移ということになるわけですけれども、この推移の過程で時代に断絶と転換をもたらした要因としてすぐに浮かんでくるのは何といっても源平の合戦です。源平の合戦は、たんに源氏と平家の争いというだけではなく、結果的には、平安貴族政権を打倒して武家政権を樹立するという、日本の政治構造の大転換をもたらした。そしてこの時期は大変な戦乱の世の中だったわけです。もうすでに末法思想に取り憑かれていた平安時代末期の人々にとって、武家という地方からやってきた異様な武装集団が京の町を駆けめぐり、これまで権威と権力をほしいままにしていた天皇や上皇や公家たちまでもが武家の暴力によって蹂躙をされるというかつてなかったような事態はまさに「この世の終り」として受け止められたと思います。

これもまたエピソードになりますが、七九四年から一一九二年まで続いた平安時代ですね、このざっと三五〇年の間、正式に死刑になった人間の数というのは二、三人しかいないんです。朝廷が死刑という判決を下したケースというのは、嵯峨天皇と対立した平城《へいぜい》上皇が平城遷都による権力の奪回を愛妾藤原薬子《くすこ》やその兄仲成《なかなり》とともに目論んだ八一〇年の藤原薬子の乱の鎮圧以降絶えてしまう。もっとも九三五年から三九年にかけてあの平将門《たいらのまさかど》と藤原純友《ふじわらのすみとも》が東西で引き起こした承平天《じょうへいてん》慶《ぎょう》の乱のような地方反乱の場合は死刑が行われたようですが。でも京都では八一〇年以降一一五六年の保元《ほうげん》の乱まで死刑は行われなかった。本来なら死刑に値する罪を犯した者でも、たとえば謀反の疑いをかけられた書で有名な橘逸勢《たちばなのはやなり》のように伊豆に流すとか、それぐらいで済んでいる。その名残りが、平治《へいじ》の乱で捕らえられた源頼朝が助命されたなんていうところにも現われているんだと思います。そういう三五〇年にわたる、少なくとも表面上は至極平穏な時代の後に、いきなり源平の合戦、つまり戦乱の時代に入った。戦乱っていうのは何よりもたくさん人が死ぬわけです。人が殺し殺されあう。保元の乱では朝廷の権力をめぐって鳥羽上皇派と崇徳上皇派が争い、当時の武家の二大勢力であった源氏と平家がそれぞれ一族のなかで分裂して両派に分かれて戦います。結局いくさは鳥羽上皇側の勝ちに終るわけですが、このとき鳥羽上皇側についた源氏の源義朝が崇徳上皇側についた父の源為義を斬首するというようなことまで起こっています。その義朝と並んで鳥羽上皇側についたのが平清盛だったのですが、朝廷内の権力争いからふたたび起きた平治の乱では今度は義朝と清盛が争い、けっきょく清盛が勝利をおさめ義朝は斬られます。このいくさの後平家が権力を握ると、今度は義朝の子どもだった頼朝が平家に対して戦いを挑み源平の合戦が始まります。じつに争乱の連続ですね。おまけに『方丈記』なんかの記録を見ると、ちょうどこの源平の合戦の行われたころは地震とか飢饉といった天災が次々に起きています。平家が何で源氏に敗けたか。当時の凶作による飢饉の状況はどうも平家の本拠地であった西の方が源氏の東よりひどかったらしい。それに加え西では地震もあった。そのために平家は兵糧を十分に調達することが出来なかったようです。これが、平家が源氏に敗北した一番大きな要因ではないかっていう説も出ています。そのように、多くの人の命が失われる戦乱、それから地震や凶作、飢饉という天災が重なり合う形でどっと押し寄せて来た時代というのがこの源平の合戦の時代、つまり一二世紀の後半だったわけです。

もちろんそこにはたんなる争乱というだけにとどまらない時代的、社会的背景が存在しました。

一言でいえば平安中期以降有名無実化しつつあった土地公有を基礎とする古代律令制がこの時期に至って名目上の維持も難しくなっていったということです。国衙《こくが》制が事実上朝廷への租税納入を代償とする形での国司の一国支配制度に変貌し、有力貴族がきそって荘田と呼ばれる私有田の拡大と租税負担の免除（不輸不入の権）の拡大に奔走するなかで、地方における自分たちの権益や利害を守るとともに、朝廷や有力中央貴族、さらには国司に代わって地方の実質的な支配を受領や荘官として行ったのが在地地主層である武家勢力でした。彼らは支配の遂行のために、さらには自己防衛や勢力拡張のために家の子郎党を集め集団で武装化していきます。そしてその力が次第に退嬰化し無力となっていた京都の朝廷や貴族の力を圧倒するようになったのでした。実力による土地の私有化（領地）とそこにいる人間の支配、つまり後に守護大名制によって完成を見ることになる武家の地方支配が、実態的には平安時代から始まっていたのです。これが一種の「下克上」を意味することはいうまでもありません。武家という新しい勢力による朝廷・貴族ら旧勢力の持つ権威や権力の剝奪が始まったということです。

それが古い世界観や価値観の崩壊を生んだのはいうまでもありません。そうした過程の中で末法思想がある種の分解を始めます。すでに浄土信仰のあたりからはっきりし始めてくるのですが、当時の日本人の心を捉えていった感情として〝儚さ〟とか〝移ろい〟への志向という要素があります。この志向を一言で表わしているのが「あはれ」という言葉です。こうした感情はさっきも述べた浄土信仰の時代の、たとえば慶滋保胤の『池亭記』なんかにも現れています。日本人の感情の歴史でいうと、この〝儚さ〟とか〝移ろい〟への志向としての「あはれ」は、最終的には〝わび・さび〟

への志向というところまでゆくわけですが、その過程で新しい世界観が徐々に形成されてゆきます。それは「無常」とか「無常観」と呼ばれるものです。こうした無常の意識が急速に強まってくる。この世界には確固とした土台などどこにも存在しない、世界はつねに移り行き変化してゆくという意識ですね。吉本さんも書いていますが、この当時のこういう〝移ろい〟、〝儚さ〟への志向としての「あはれ」を典型的に描き出しているのが、後白河法皇が編纂した『梁塵秘抄《りょうじんひしょう》』(31)という今様集《いまようしゅう》です。今様というのはようするに流行歌という意味ですね。有名な歌に、「遊びをせんとや生れけむ　戯れ《たわぶれ》せんとや生れけん　遊ぶ子供の声きけば　我が身さえこそ動がるれ」というのがありますが、その背後には「我等は何して老いぬらん　思へばいとこそあはれなれ　今は西方極楽の　弥陀の誓を念ずべし」とか「暁静かに寝覚めして　思へば涙ぞ抑へ敢へぬ　はかなく此の世を過ぐしては　いつかは浄土へ参るべき」というような無常観がじつは張りついています。

　面白いんですけど、イタリア・ルネサンスの時代にロレンツォ・デ・メディチというフィレンツェの支配者でイタリア・ルネサンス最大のパトロンだった人物が同じようなことを詩のかたちで書き残しています。ちなみに彼はロレンツォ・イル・マニーフィコ、「偉大なるロレンツォ」とも呼ばれた強大な権力者でした。「青春はいかばかりか美しき。されどそれははかなく過ぎゆく。楽しからん者は大いに楽しめ。明日の日は確かならず」(32)。どうも後白河法皇とロレンツォ・デ・メディチというのは同じような精神構造の持ち主だったようです。時代の背景もそうだった。ルネサンスも中世の強固な教会を頂点とする古い秩序が崩壊してゆく状況にありました。ルネサンスにおいて中世的秩序が崩壊していったのと同じように、この時期の日本においても律令国家体制として形成されてきた古代の政治的秩序が崩壊をしてゆく。そういう時代意識というものが、こういう「あはれ」、すなわち〝移ろい〟とか〝儚さ〟への非常に強い志向、感受性として表れてきたのではないかと思います。

　ではこうした〝移ろい〟や〝儚さ〟というもののなかで何が問題になってくるのか。おそらく信仰の主体の位置だったと思います。信仰の主体がどういう位置に置かれるのかという問題です。すでに述べたように、古代の終焉期である平安時代においては、浄土信仰が末法思想と結びつきながら「浄土観」を中心としたイメージの世界を通してひたすら浄土を目指すという形を取りました。そうしたイメージ的なものと結びついた浄土信仰のあり方は必然的に美的なものへの志向を強めます。つまり浄土信仰が芸術化されてゆくのです。阿弥陀堂がその芸術化の舞台となったことはいうまでもありません。この傾向は古代末期のいわゆる院政期において頂点へと達します。白河院・鳥羽院・後白河院と三代にわたって続き、鎌倉幕府の創設と後白河院の後を継いだ後鳥羽院が引き起こした一二二一年の承久《じょうきゅう》の変によって終止符が打たれるこの院政期は、じつは日本の文化がもっとも爛熟した時代、いわば古代における「文化文政時代」というべき時代でした。だいたい文化が爛熟し、ほとんどデカダンスと紙一重な様相を呈するような時代というのは、それまでの体制や秩序が衰退や崩壊へと向かう時代なんですね。文化文政期は江戸幕藩体制のほころびがはっきり認識されるようになった時代だったし、あのクリムトの絵やマーラーの音楽、さらにはフロイトの精神分析をも生み出したウィーン世紀末もまたハプスブルク・オーストリア帝国が急速に没落へと向かいつつあった時代の産物です[33]。そして重要なのは、この文化の爛熟の時代において美意識というものが異様なほど鋭敏かつ繊細な、それこそ最高度の水準に達してゆくことでした。一言でいえば文化が洗練の極致へと向かうということです。そして院政期においてそうした美意識が、〝儚さ〟とか〝移ろい〟の感情、つまり「あはれ」というふうなものと結びついていったとき出現したのが、たとえば『新古今和歌集』[34]に象徴されるような世界になるわけです。『新古今』の歌の選定の中心になったのは当時の歌学の中心であった御子左《みこひだり》家の藤原俊成《ふじわらのしゅんぜい》とその子定家《ていか》でしたが、俊成には「いくとせの春に心をつくし来ぬあはれと思へみ吉野の花」というような歌が、また定家には『新古今』を代表する名歌といわれる「春の夜のゆめのうき橋とだえして峰にわかるる横雲のそら」というような歌があります。いずれも極めて象徴性の高い高度な技巧と繊細な美意識を感じさせる歌ですね。ちなみに俊成は歌の本質を「幽玄」と、定家は「有心《うしん》」と呼びました。彼らは、こうした理念に基づいて非常に人工的な美の世界を追求していったんです。ある面からいえば、こうした世界というのは、次第に台頭する武家によって政治的に無力化され、末法思想の影響もあってある種のノンシャランなデカダンス、ニヒリズムへと陥っていった公家層の、現実に背を向けひたすら美の世界へと逃避しようとする退嬰的な姿勢の現われといえるかもしれません。ただそこには最後に残された自分たちのぎりぎりのレゾン・デートルを現実を超えた美の世界に求めようとする強い意志も感じられます。それは、定家が残した『明月記』[35]という日記にある有名な「世上乱逆追討耳ニ満ツト雖《いえど》モ紅旗征戎《こうきせいじゅう》、吾事《わがこと》ニ非《あ》ラズ」という言葉からも窺えます。戦後日本文学の代表的な作家のひとりである堀田善衛《ほったよしえ》は戦争のさなかにこの言葉に強い衝撃を受けたと『定家明月記私抄』[36]の中で書いています。

ところで『新古今』の世界には俊成や定家と並んでもうひとり代表的な歌人がいます。西行《さいぎょう》です。そして西行の歌の世界を俊成や定家の歌の世界と対比してみると、両者の間には大きな違いというか対照が存在していることがはっきりと見えてきます。西行はもちろん『新古今』の歌人ではあるのだけれども、その歌の世界はあきらかに俊成や定家の持っている〝幽玄〟とか〝有心〟とかいわれるような、院政期の爛熟した貴族的美意識の世界とは異質なものです。一言でいえば非常に簡明で剛直な世界なんですね。それは、西行が出家する前佐藤義清という鳥羽院に仕える北面の武士だったことと深い関係があると思います。つまり西行は公家ではなく武家の出身だったということです。このことによって、西行が歌をつくる主体の位置が公家歌人たちとは明らかに異なるものになっていかざるを得なかった。そこからは、浄土信仰や末法思想というものに根ざす形で出てきた〝儚さ〟や〝移ろい〟の意識というものをはるかに凌駕する、もっと剛直な、乱世という時代そのものを正面から見据えるような新たな主体の位置が現れてきます。これは武士的な主体、武家的な主体というふうにいってもいいのかもしれない。そういう武家的な主体の位置というものが明らかにそこから浮かび上がってきている。おそらくそれは『新古今』より『平家物語』のほうがより相応しいような位置といってよいと思います。ところで前に、辻邦生が書いた小説『西行花伝』[37]について次のような文章を書いたことがあります。「辻は、西行がこうした時代にあって、旧支配層の世界も新支配層の世界もともに拒絶しながら、和歌が体現する美の世界と、この時代のもう一つの精神原理であった仏教、そして一所不住の旅人、漂泊者としての生き方によって、いっさいの世俗を脱却する生の絶対的かつ純粋な現われと美の現われが一体化する一種の肯定的ユートピアを求め続けた人間として描き出す。とはいえ西行は単純な隠遁者ではない。「紅旗征戎吾が事に非ず」といった定家とは異なり、西行には動乱の時代と正面から向き合う勁さがあった。それが西行の生涯に勁く明瞭な輪郭を与えている[38]」。つまり西行の武家歌人としての主体の位置は同時に宗教者としての主体の位置の問題にもつながっていくのです。

このことは、西行の主体の位置と、法然や親鸞ら鎌倉新仏教の指導者たちの立っていた主体の位置を重ね合わせて考えることが出来るという事実を指し示しているではないかと思います。つまり法然や親鸞における信仰の主体の位置が、平安時代と同じ浄土信仰の流れのうちにありつつも、宗教者として立っている主体の位置、その中身から見た場合、ちょうど西行がそうだったように明らかに違うところへと移っていったのではないかということです。それを直接的に促したのが一二世紀末の戦乱の状況、あるいは天変地異の状況だったことはいうまでもありません。しかし同時にそれはあくまで外的な要因であって、外的な要因が彼らの宗教者としての主体の位置というものを通して内面化されていったとき初めて鎌倉新仏教というものが生まれてきたことを見逃してはなりません。そのことによって鎌倉新仏教はまったく平安時代までの古代仏教とは違うものになってゆきます。西行の位置という問題、あるいは鎌倉新仏教、とくに浄土信仰との関係については吉本さんの『西行論[39]』がたいへん示唆的です。

鎌倉時代の前半にはまだ仏像がかなり造られていました。特に有名なのは運慶、快慶ですが、彼らは、鎌倉武士と呼ばれる新たな権力者たちが平安時代までとは違うスタイルの仏像を求めたのに応じて、運慶様とか快慶様と呼ばれる個性的な様式に基づいた仏像を積極的に造っていきました。

それはそれまでの定朝様式とはまったく異なる武家好みの力強いスタイルの仏像です。また源平の合戦の際に平重衡が奈良の町を焼き討ちしたせいで東大寺の大仏殿や当時あった二基の七重塔や興福寺など、奈良の主要な寺院がほとんど焼けてしまったために、その復興事業が必要だったこともあります。特に東大寺復興は、頼朝が直々に乗り出して鎌倉幕府の国家事業として行われました。

当時、宋から渡ってきた陳和卿《ちんなけい》という仏師、本当は仏師じゃなかったらしいんですけどね、この人物は。太宰治の『右大臣実朝』[40]という小説の中では詐欺師として描かれています。陳和卿は後に実朝《さねとも》が栄に渡ろうとするときの大船を造るけれども全然浮かばなかったという、あの有名なエピソードの主です。その陳和卿が、東大寺の大仏の鋳造には成功したんです。それで大仏が再建された。ついでにいえば、このときの大仏の再建の中心にあたったのが俊乗坊重源《しゅんじょうぼうちょうげん》というお坊さんでした。

快慶作　俊乗房重源像のレプリカ
（大阪府立狭山池博物館）

この人は大仏復興事業を始めたとき六一歳だった。当時では相当の高齢です。そのためもあって一輪車に乗って供の者に後ろから押させて日本中を勧進《かんじん》して回った。勧進というのはお金集めのことです。これが背景になって例の『勧進帳』という歌舞伎ができるわけですね。あそこで武蔵坊弁慶が読み上げる勧進帳というのは、東大寺再建のための募金録なわけです。あの勧進帳は白紙だったんだけど、あれはスタイルさえ分かればそんなに難しいことではない。「武蔵野国の住人〇〇金十両也」とか「相模の国の〇〇金二十両也」とかね。ところで面白いことに、この俊乗坊重源が浄土信仰なんです。法然の弟子にあたる浄土信仰のお坊さんだった。だから東大寺の再建というのは、この俊乗坊重源を中心とした浄土信仰集団によって行われたと考えてよいと思います。ちなみに快慶はこの俊乗坊重源の弟子です。俊乗坊重源は、自分の弟子たちみんなに何々阿弥陀仏という名前を付けている。快慶に与えられた名前は「安阿弥陀仏快慶」です。ご承知のように、重源は、天竺《てんじく》様ないしは大仏様という当時の宋から輸入された新しい建築様式で大仏殿や南大門を再建した。これは少ない木材で大規模な建築を行うのに非常に適した様式です。残念ながら重源が再建した大仏殿は戦国時代に松永久秀に焼かれて今はありませんが、南大門と運慶と快慶がつくった南大門の仁王像は残っています。ともあれそういう背景の中で鎌倉の初期には多くの仏像が造られるわけです。

　ところが鎌倉の中期あたりから次第に仏像は造られなくなります。室町時代になるともうほとんど造られない。その要因として、鎌倉新仏教の指導者たちが皆造仏に対して否定的だったことが挙げられます。仏像なんかいらないということです。禅の場合は教理上の問題があって基本的に仏像が造られますが。禅ではそれぞれ修行をする際に自分の師匠の姿を「守り本尊」にするんですね。それを頂相《ちんそう》（肖像画・肖像彫刻など）といいます。たとえば鎌倉の建長寺には、建長寺の創建者である蘭溪道隆《らんけいどうりゅう》という宋から渡って来たお坊さんの像が飾られている。また北鎌倉の円覚寺にはやはり創始者である無学祖元《むがくそげん》の像が、京都の天竜寺にも創始者である夢窓疎石《むそうそせき》の像があります。それぞ

頂相の例：夢想疎石像（京都妙智院）

れの師匠の姿を映した頂相が基本的には「守り本尊」になるんです。これは厳密にいえばもう仏像とは呼べません。

法然や親鸞、日蓮、一遍たちになるともっとはっきり仏像という存在を拒否します。いや、仏像だけではありません。彼らは既存の教団と鋭く対立していたせいもあり、大げさなお寺も必要ないという立場を取ります。いちばんラディカルだったのが一遍で、いっさいの所有への執着を捨てよ、一箇所に住むな、寺などいらないと繰り返し説いています。ぼくの家の墓は藤沢の遊行寺《ゆぎょうじ》にありますが、ここは一遍の創設した時宗《じしゅう》の総本山です。遊行という言葉は一遍が唱えた、一所に定住することなく全国を踊りながら念仏を唱えてまわる遊行念仏から来ています。でも一遍の後年の弟子たちが師を裏切ってお寺を建てちゃった。それが遊行寺、正しくは清浄光寺なんです。まあ、寺を建てちゃった連中は不肖の弟子というべきでしょうね。法然や親鸞、日蓮らにしてもおおむね彼らの活動に共感する世俗の人々のふつうの家を信仰の場にしていました。こうしたことがさっき述べた信仰の主体の位置の転換の問題とも絡んできます。端的に言えば、鎌倉新仏教において日本仏教史上初めて造仏が否定された。つまり鎌倉新仏教において日本の仏教信仰は初めてイメージを否定するという新しい段階に到達したわけです。より正確に言えば、イメージの否定を代償にして、鎌倉新仏教はここで初めて本格的に宗教的内面性の領域へと入っていったということです。とりわけこれは鎌倉時代の浄土信仰の在り方というものに現われてくる。そしてその焦点となるのが親鸞にほかならない。親鸞こそは鎌倉新仏教におけるイメージの否定と「信仰の内面化」への道を本質的な意味で開いた人間だった。「信仰の内面化」というのは、これは吉本さんが言っていることですが、「信仰の言語化」といい換えることができます。つまり「信仰の内面化」とはイメージから言語へと信仰の成立する場が移ってゆくことでもあるのです。こうして日本の仏教はイメージの世界を脱して言語の世界へと向かうことになります。

日蓮宗ではこの「文字曼荼羅」を本尊とする。

ただし言葉へ向かうといった場合に、おおざっぱにいってふたつの向かい方があります。一つは、たいへん分かりやすい形ということになりますが、信仰を言葉を通して教義化する、教義体系をつくるという方向です。ところが鎌倉新仏教の創始者たちの場合、言葉へと向かうことが必ずしも教義へと向かうという形を取っていない。法然は『選択《せんじゃく》本願念仏集』[41]を著しますが、これは基本的に善導の著作の注釈です。親鸞の『教行信証』[42]も基本的には注釈書です。あるいは『歎異抄』[43]のような弟子の聞書きもあります。つまり彼らは教義という形で明確に自分の信仰を体系として積極的に打ち出すということをしていないのです。とくに親鸞の信仰のかたちというのは一種の凹面をなしていると考えられると思います。凸面のようにポジティヴに教義としての言葉が突出していません。その代わりにむしろ教義の成立面からこぼれ落ちる内面の息づかい、気息といったものがつぶやくような言葉に乗って伝えられています。それはある種主観的なものの消息といってよいかもしれません。しかしすでにいったようにそれは積極的な「わたし」の主張ではありません。そうした「わたし」さえもが不確かなものにしか感じられない人間存在の凹面、いい換えれば教義に象徴される論理的な言語によっては決してすくい取ることのできない、いやそれどころか、これ以上いけば名づけようのない無明の闇に向かって意識が溶け込んでしまうぎりぎりの閾というべきところにしかその言葉は生息し得ないのです。それをもっと徹底すると一遍のように言葉さえ拒否してしまうところへゆきます。彼の教えはほとんど和讃（ご詠歌のようなもの）や歌の形でしか残っていません。しかし親鸞はそのぎりぎりの地点から言葉へと還ってゆきます。

その一方日蓮の『立正安国論』[44]のように強烈な主観性を、峻厳な他宗派批判や国家批判の形で表現したケースもあります。さらにこの時期の宗教的言語のあり方として忘れてはならないのが禅に属する曹洞宗の開祖である道元です。道元は親鸞とはまったく違った意味ではありますが、極めて雄渾な形で鎌倉新仏教の思想を凝縮させた言葉を残しました。それが『正法眼蔵《しょうぼうげんぞう》』[45]という著作です。おそらくこの著作は親鸞の『教行信証《きょうぎょうしんしょう》』と並んで、鎌倉新仏教の思想をもっとも高度な形で表現しているテクストといえると思います。ただいずれも異様な本であり、しかも決して単純に教義の書とはいえない。『教行信証』は、源信の場合と同じように経典の編纂と注解という性格が非常に強いと思います。一方『正法眼蔵』は恐ろしく抽象的で難解な本で、ぼくなんかも何度か読もうと試みるのですがそのたびにはじき返されてしまいます。

余談になりますが日本のハイデガー学者ってお坊さんが多いんですよ。しかも禅の坊さんが多い。あれは西田幾多郎の門下で禅を哲学化した久松真一という人の影響じゃないかと思うんですけれど。『存在と時間』を『有と時』というタイトルで訳した辻村公一(46)とか、早稲田大学に昔いた川原栄峰とかけっこう数多くいます。ところでハイデガーと禅の結びつきにはもうひとつ理由があってじつは道元なんです。道元の『正法眼蔵』の「現成公案《げんせいこうあん》」という章で述べられている思想がどうもハイデガーの存在論と似通っているというんですね。ハイデガーよりはるか数百年昔に、じつはハイデガー存在論の中身が道元によって既に展開されていたということです。これで坊さんたちがハイデガーに飛びついた。あるいは道元に飛びついたといってもよい。禅坊主にとってハイデガーと道元の結びつきはかっこうのレゾン・デートルになるわけです。ぼく自身は道元とハイデガーの比較など何の興味もありませんがね。ただ今のことを別な角度から見れば、道元の『正法眼蔵』にはハイデガー存在論との対話を可能にするような普遍的かつ強靭な思考がはらまれているということはいえると思います。こうした言語がふつうの意味での教義などではありえないのは当然のことです。鎌倉新仏教の思想は、教義化する言葉ではなく、こうした語の真の意味での思想の言葉から捉えられる必要があります。とくにそれは親鸞と道元にあてはまると思います。

注

（1）春秋社初版 一九七六年　同増補版一九八一年　ちくま学芸文庫版二〇〇二年、なお以後本書からの引用においてはちくま学芸文庫版のページ数のみを掲げる。
（2）これらの点については続刊の拙著『吉本隆明と共同幻想』（社会評論社）を参照
（3）「心的生活の特殊な時間性および因果性の次元について言われるもので、記憶から除かれた印象あるいは痕跡が、完全な意味、完全な効果を発揮するのは、最初の刻印のときより後でしかないという事実をいう」（ロラン・シェママ／ベルナール・バンデルメルシュ編『精神分析事典』小出浩之他訳 一六四頁 弘文堂 二〇〇二年）
（4）ジャック・ラカン「無意識における文字の審級、あるいはフロイト以後の理性」『エクリ』宮本忠雄他訳 弘文堂 一九七二年 所収 参照。この論文はラカンの思想を理解する上でもっとも重要なもののひとつである。
（5）丸山圭三郎『言葉と無意識』講談社現代新書 一九八七年 参照
（6）フリードリヒ・ニーチェ『善悪の彼岸』木場深定訳 岩波文庫 一九七〇年、同『道徳の系譜』木場深定訳 岩波文庫 一九六四年
（7）ルイ・アルチュセール『再生産について―イデオロギーと国家のイデオロギー諸装置』西川長夫他訳 平凡社 初版二〇〇五年 平凡社ライブラリー版（二分冊）二〇一〇年 参照
（8）アントニオ・ネグリ『野生のアノマリー　スピノザにおける力能と権力』杉村昌昭他訳 作品社 二〇〇八年 参照
（9）宇波彰『力としての現代思想 崇高から不気味なものへ』論創社 二〇〇二年 増補新版 二〇〇七年参照
（10）清水禮子『破門の哲学―スピノザの生涯と思想』みすず書房 一九七八年 参照
（11）スピノザ『エチカ』畠中尚志訳 岩波文庫（上下巻）一九五一年、同『神学・政治論』畠中尚志訳　岩波文庫（上下巻）一九四四年

(12) 日本の仏教史研究においてもっとも古典的ともいえるのが辻善之助の『日本仏教史』全十巻　岩波書店　一九四四年～一九五三年である。最近のものでは速水侑『日本仏教史古代』吉川弘文館　一九八六年、末木文美士『日本仏教史―思想史としてのアプローチ』新潮文庫　一九九六年などがある。また今泉澄夫編『日本仏教史辞典』吉川弘文館　一九九六年は日本仏教史のさまざまな事項を検索するうえでたいへん便利な本である。

(13) 善光寺の公式ホームページには次のように記されている。「『善光寺縁起』によれば、御本尊の一光三尊阿弥陀如来様は、インドから朝鮮半島百済国へとお渡りになり、欽明天皇十三年（五五二年）、仏教伝来の折りに百済から日本へ伝えられた日本最古の仏像といわれております。この仏像は、仏教の受容を巡っての崇仏・廃仏論争の最中、廃仏派の物部氏によって難波の堀江へと打ち捨てられました。後に、信濃国司の従者として都に上った本田善光が信濃の国へとお連れし、はじめは今の長野県飯田市でお祀りされ、後に皇極天皇元年（六四二年）現在の地に遷座いたしました」。

(14) 浅草寺の公式ホームページには次のように記されている。「時は飛鳥時代、推古天皇三六年（六二八年）三月一八日の早朝、檜前浜成《ひのくまのはまなり》・竹成《たけなり》の兄弟が江戸浦（隅田川）に漁撈《ぎょろう》中、はからずも一躰の観音さまのご尊像を感得した。郷司《ごうじ》土師中知（はじのなかとも：名前には諸説あり）はこれを拝し、聖観世音菩薩さまであることを知り深く帰依《きえ》し、その後出家し、自宅を改めて寺となし、礼拝供養に生涯を捧げた」。

(15) ルターは、一六世紀前半にローマ・カソリック教会の腐敗を厳しく批判する宗教改革運動を始め、カソリック（旧教）に対してプロテスタンティズム（新教）を創設した。『キリスト者の自由』石原謙訳　岩波文庫　一九五五年　参照。後ほど触れるようにルターの宗教思想は親鸞の宗教思想を理解する上で重要な媒介項となる。

(16) 「将つ所の如来の肉舎利三千粒、功徳繍普集の変一鋪、阿弥陀如来の像一鋪、彫白栴檀千手の像一軀、繍千手の像一鋪、救世観世音の像一鋪、薬師阿弥・陀弥勒菩薩の端像各々一軀、同障子、金字の大品経一部、金字の大集経一部、南本涅槃経一部四十巻、四分律一部六十巻、法励の師四分の疏（そ=書物）（十八）五本各々十巻、光統律師の四分の疏百廿紙、鏡中記二本、智首師の菩薩戒の疏五巻、霊渓釈子の菩薩戒の疏二巻、天台の止観法門・玄義・文句各々十巻、四教儀十二巻、行法華懺法一巻、少止観一巻、六妙門一巻、明了論一巻、定賓律師の飾宗義記九巻、補釈餝《しゃくしき》集記一巻、戒疏二本各々一巻、観音寺亮律師の義記二本十巻、南山宣律師の含注戒本一巻、及び疏行事鈔五本、羯磨疏等二本、懐素律師の戒本疏四巻、大覚律師の批記十四巻、音訓二本、比丘尼伝二本四巻、玄奘法師の西域記一本十二巻、終南山宣律師の関中創開戒壇図経一巻、あわせて四十八部。及び、玉環水晶手幡四口、金珠…欠字…、菩薩子三斗、青蓮華廿口茎、玳瑁（たいまい＝べっこう）の畳子八面、天竺の草履二両、王右軍の真蹟行書一帖、王献の真蹟行書三帖、天竺朱和等の雑体書五十帖、…欠字…、水晶手幡以下皆内裏に奉る。又、阿育王の塔と様な金銅塔一区」。

(17) 浜田青陵『百済観音』平凡社東洋文庫　一九六九年　参照

(18) 竹村真一『宇宙樹』慶應大学出版会 二〇〇四年　ヴヤチェスラフ・イワーノフ他『宇宙樹・神話・歴史記述』北岡誠司訳　岩波書店　一九八三年　参照

(19) シャルル・ド・ブロス『フェティシズム諸神の崇拝』杉本隆司訳　法政大学出版局 二〇〇八年　参照

(20) 廣松渉・吉田宏哲『仏教と事的世界観』朝日出版社　一九七九年　参照

(21) 岡本太郎『日本の伝統』光文社知恵の森文庫　二〇〇五年　参照

(22) 『法華義疏』岩波文庫（上下巻）一九七五年『勝鬘義疏（抄）』中公クラシックス 二〇〇七年　なお聖徳太子については『上宮聖徳法王帝説』初版岩波文庫　一九四一年　再版勉誠社　一九九七年を参照

(23) 『日本霊異記』講談社学術文庫（全三巻）一九七八〜八〇年

(24) 小西甚一『文鏡秘府論考　研究篇上』大八洲出版　一九四八年　大日本雄弁会講談社　一九五二年『文鏡秘府論考　第二　研究篇下』大日本雄弁会講談社　一九五一年『文鏡秘府論考　第三　攷文篇』（校本の集成）大日本雄弁会講談社　一九五三年

(25) 『弘法大師空海全集』全八巻別冊一巻　筑摩書房　一九八三年。また空海の評伝としては上山春平『空海』

朝日新聞社　一九八一年、宮坂宥勝『空海―生涯と思想』ちくま学芸文庫　二〇〇三年などがある。司馬遼太郎『空海の風景』（上下巻）中公文庫　改版一九九四年　は小説形式だが資料に乏しい空海の生涯とその軌跡を司馬らしい精緻さと想像力で描き出しており司馬文学の最高傑作のひとつといってよい。他に唐滞在中の若き空海を主人公にした奇想あふれるファンタジーノヴェル、夢枕獏『沙門空海唐の国にて鬼と宴す』全四巻　徳間書店　二〇〇四年　がある。

(26)　円仁『入唐求法巡礼行記』深谷恵一訳（写本原文付き）中公文庫　一九九〇年　同　足立喜六他訳　平凡社東洋文庫（全二巻）一九七〇年　なお駐日アメリカ大使を務めたエドウィン・ライシャワーが本書を英訳している。

(27)　源信『往生要集』石田瑞麿訳　岩波文庫（上下巻）二〇〇三年

(28)　浄土信仰の基となる教典がいわゆる「浄土三部経」（無量寿経・観無量寿経・阿弥陀経）である。このうちもっとも大部な無量寿経を「大経」と呼ぶ。

(29)　『日本思想体系』第七巻「往生伝・法華験記」岩波書店　一九七四年　に収録。

(30)　「観」の意味については小林秀雄「私の人生観」角川文庫　一九五四年　が優れた解説になっている。

(31)　『梁塵秘抄』岩波文庫　改訂版二〇〇一年　西郷信綱『梁塵秘抄』ちくま学芸文庫　一九九〇年

(32)　「バッカスの歌」なおロレンツォについてはI・モンタネッリ、R・ジェルヴァーゾ『ルネサンスの歴史』藤沢道郎訳　中公文庫（上下巻）一九八五年　参照

(33)　カール・ショースキー『世紀末ウィーン』安井琢磨訳　岩波書店　一九八三年　参照

(34)　『新古今和歌集』岩波文庫　新訂版　一九五三年

(35)　『明月記』全三巻　国書刊行会　一九八七年

(36)　堀田善衛『定家明月記私抄』ちくま学芸文庫　一九九六年

(37)　辻邦生『西行花伝』新潮文庫　一九九九年

(38)　「ニューズレター」二〇〇八年八月号　アソシエ21発行

(39) 『西行論』『吉本隆明全集撰』第六巻　一九八七年　講談社文芸文庫版　一九九〇年
(40) 太宰治『惜別』新潮文庫　改版　二〇〇四年に収録
(41) 『選択本願念仏集』岩波文庫　一九九七年
(42) 『教行信証』岩波文庫　一九五七年
(43) 『歎異抄』角川文庫　一九五四年
(44) 『立正安国論』講談社学術文庫　一九八〇年
(45) 『正法眼蔵』岩波文庫（全四巻）一九九〇年
(46) 『有と時』『世界の大思想』第二十四巻　河出書房新社　一九七四年　なお辻村は『ハイデガー全集』第二巻　創文社　一九九七年において新訳も刊行している。

第2章　吉本隆明は親鸞をどう読んだか——往相と還相

1．『最後の親鸞』は吉本隆明の最後の思想的位相

ぼくが今『最後の親鸞』を読もうとする根本的なモティーフを一言でいうならば、吉本隆明というひとりの思想家のうちから理論や思想だけではなく、その前提となるひとりの人間としての存在の全体性を、つまり肉体や感性、資質などをも含んだ吉本隆明というまるごとの存在を、その生々しい気息、息づかいとともにすくいとりたいということに尽きます。もちろん吉本さんのどの本だって本質的にはそうした読み方を要求していると思います。しかし『最後の親鸞』という本は、とりわけそうした読み方をぼくらに強いてきます。それは前回申し上げたように、『最後の親鸞』が思想家吉本の最後の場所、極北の場所というべきものを指し示しているからです。

ではなぜ吉本さんの最後の思想の場が『最後の親鸞』というかたちで語られなければならなかったのか。そこにまさしく『最後の親鸞』という著作のもっとも本質的な問題が現れています。このとき私たちは、『最後の親鸞』において、吉本隆明という一思想家の最後の思想的な位相が鎌倉期の一仏教思想家・宗教者としての親鸞の最後の思想的位相に見事という他ないかたちで重ねあわさ

れて表現されていることにあらためて留意する必要があります。吉本さんにとって、自らの思想の最終的・極北的な思想的位相を表現するためには、どうしても「最後の親鸞」という位相が現れてこなければならなかったということです。「最後の親鸞」との出会いなしには吉本隆明の最終的な思想的位相は現れ得なかったのです。そうした意味で、この著作における吉本隆明と親鸞の出会いには、稀有ともいうべき宿命的な契機が存在したといえるのではないかと思います。

　ではこの最終的・極北的な位相はどのように表現されているのか。それを象徴しているのが〈往《おう》相《そう》・還相《げんそう》〉という言葉です。これこそが最後の親鸞および最後の吉本隆明の核心をなす言葉といえると思います。〈往相〉とは浄土信仰では浄土への往きがけの道を意味します。ようするに浄土に向かって成仏する道です。それに対して〈還相〉は浄土からこの世へと戻ってくる還りがけの道を表わしています。浄土信仰では一般的に「還相回向《げんそうえこう》」といって、成仏したひとがもう一度現世に戻ってきて他のひと達の成仏を助けることを意味します。しかし考えてみれば不思議ではありませんか。せっかく成仏したのになぜもう一回現世へ戻ってこなくちゃいけないのか、どうして成仏の道としての〈往相〉だけでなくもう一度現世へ戻ってくる道としての〈還相〉があらためて設定されなければならないのか。ここに浄土信仰をめぐる最大の謎、アポリアがあります。そしてそのアポリアは親鸞の思想において極限化されるのです。もちろん、衆生皆が救われなければならないのが阿弥陀の本願であり、ひいては大乗としての浄土信仰の目ざすものだから、というありきたりな答えを出すことは可能です。しかし親鸞の思想には明らかにそうしたありきたりな答えを拒否する契機が含まれています。

この問題は、法然が阿弥陀如来の四十八の本願のうち第十八の本願「すべての衆生が救われぬうちは自分は仏にならない」をもっとも本質的な本願として選択し、それに基づいて念仏往生の教え（専修念仏）を確立したところから始まります。親鸞は『歎異抄』の冒頭でこの問題に触れて次のようにいっています。「彌陀の誓願不思議にたすけられまいらせて、往生をばとぐなりと信じて、念佛まうさんとおもひたつこゝろのおこるとき、すなわち、攝取不捨の利益にあづけたまふなり[47]」。つまり阿弥陀仏が皆を救うまでは自分は仏にならないぞと誓いを立てたのだから、阿弥陀仏を念ずれば（念仏）誰も一人残らず（攝取不捨）往生を遂げることは間違いないことだということです。それは人間の知性というか理性による判断を超えたもの（不思議）なのです。このとき一般に親鸞のこの言葉に潜む考え方を説明するのに持ち出されてくるのが「三願転入」の論理です。第十八の本願に続く阿弥陀願の第十九願は、前回お話したことでいえば、阿弥陀堂を建てたりして「浄土観」を行い臨終の際に成仏するよう努めることに対応しています。また第二十願では念仏を唱えることが成仏という功徳を得るという論理になります。いずれもまだある種の現世利益の論理に囚われています。親鸞は六角堂に籠って九五日目にお告げを聞いて法然のもとへと向かったといっていますが、その過程で第十九願，第二十願を経て第十八願こそ弥陀の本願であると悟るに至ったといわれています。これがいわゆる「三願転入」なのですが、問題は第十八願に対する第十九願および第二十願の関係です。一般に浄土真宗などでは、十八、十九、二十をセットにして考えているようです。つまり十八があくまで本質なのは間違いないが、現世にいるかぎりは十九や二十に基づいて修行したり功徳を施したりするのもやむを得ないし、否定してはならないというわけです。そして『歎異抄』にある「誓願不思議」の「不思議」という言葉、これはわれわれの知識や認識能力、ようするに「知」によっては弥陀の心を理解することなどとうてい不可能であるという意味を表わしているのですが、いわばそれを逆手に取るかたちで現世の修行に疑いなど持つなといっています。でもほんとうにそうなのでしょうか。便宜上は十九、二十も残しながら十八へ向かうのが「三願転入」の意味なのでしょうか。いやそもそも「三願転入」というかたちで十八、十九、二十をセットにして捉える考え方が親鸞の本意だったのでしょうか。ここにはじつは大きな問題が隠されています。それは親鸞が師の法然とも異なる称名念仏の道へなぜ進まねばならなかったのかという問題です。おそらく法然の専修念仏の論理なら一般的意味での三願転入の論理で十分です。法然は自分が宗教者であること、自分の教えを広めることに何の疑いも持っていないからです。つまり法然にとって念仏を唱えることは「善」であり、「善」であるからこそ往生へとつながるのです。ところが親鸞は法然がとどまったそうした宗教としての浄土信仰の地点をはるかに踏み越えていきます。一言でいえば法然のような考え方でさえもがいまだ自力の妄執に囚われているという立場になります。念仏を唱えることが「善」であるなどと考えてはならない、まして「善」を積むから成仏出来るなどと考えてもならない、それらはすべていまだ自力の妄執に囚われた発想に過ぎない、われわれはもっと徹底的に他力の道を進まねばならないということです。それは裏返していえば、「悪」に満ち満ちているこの世界そのものが救いにつながらなければならないということを意味します。とはいえ「悪」であることも救いの因果論的根拠にされてはなりません。それも現世功徳の発想になるからです。いわゆる「悪人正機《しょうき》説」もまたかたちを変えた自力説として否定されなければならないのです。

です。吉本さんは次のように言っています。少し長くなりますが全部読んでみましょう。「〔法然は〕異端、邪説、でたらめに走った初期念仏衆を「制誡」している。親鸞も、また同じ問題に悩まされ、実子善鸞を義絶さえした。またこの「制誡」の各箇条についていえば、ことごとくおなじことを云ったかもしれぬ。しかし、ただひとつのことが、法然と違っていた。それは、法然が、ここでは〈知〉の往相（上昇過程）にあって発語していることである。具体的にいえば親鸞も、みだりに諍論し他宗を誹謗することを誡めているし、すすんで悪をなすのは自力の計《はから》いであるとしてこれを卻けている。しかし親鸞は、悪人正機、愚者正機を思想の契機においているから、けっして「制誡」にはならない。「面々の御計《おんはからひ》」になるし「親鸞は弟子一人ももたず」という根拠にたっている。法然は、師として門弟諸流にむかっている。この位相は、親鸞が、実質的には直弟子も門弟もあって、師としてふるまう場面はあっても、けっしてとらない位相であった。親鸞は「是非しらず邪正もわからぬこの身なり、小慈小悲もなけれども、名利に人師をこのむなり」（「自然法爾章」）と述べた。法然は、眼にあまる念仏宗教の曲解や、ときには乱行を眼のあたりにみて、自己に制約してくる結果を感じとって、この「制誡」に及んだ。〈知〉の位相をまったく揚棄した親鸞にとっては、信も不信も「面々の御計《おんはからひ》」といえばよかった。自己にふりかかり、浄土真宗にふりかかる迷惑や排斥や誹謗のごときものは、問題ではなかった。もともと誹謗せられずとも、自己は最低の誹謗の世界の住人だとおもっていたから。法然と親鸞のちがいは、たぶん〈知〉（「御計」）をどう処理するかの一点にかかっていた。法然には成終できなかったことが、親鸞には成遂できた思想が〈知〉の放棄の仕方において、たしかにあったのである。

悪人正機、愚者正機をさらにどう超えるのか？　この課題は最後の親鸞にとって、たぶん二つの形であらわれた。ひとつは〈称名念仏〉と〈浄土〉へゆくという〈契機〉を、構造的に極限までひき離し解体することである。いいかえれば、念仏することによって浄土へと往生できるという因果律から、第十八願を解き放つことである。これを解き放てば、当然、称名念仏するものはかならず浄土へと包摂してみせるという弥陀の第十八願の意趣もまた、相対化され解体されざるをえない」（四七～九頁）。

親鸞は、法然の「専修念仏」における他力の発想をさらに絶対他力の発想へと、いやそれどころか絶対他力の発想を方法化することさえ解体してしまうような位相へとおし進めようとしたのです。

このように見てくるとき、親鸞の浄土信仰の特異さがもっともよく現れているのは、浄土の荘厳が、いや浄土へ往くこと、成仏することさえもが窮極的には否定されるというところだと思います。つまり「あの世」としての浄土へ往くことが救いなのだというそれまでの、師の法然さえもが否定し得なかった浄土信仰の核心にある現世離脱の契機（厭離穢土・欣求浄土）を真っ向から否定してしまったということです。だとすればいったい救いはどこにあるのか。親鸞は、汚濁にまみれ悪のはびこる「この世」そのものをあるがままに肯定することの中にしか救いはないと考えます。「この世」にあるということそのものが救いにならねばならない、「この世」そのものに浄土を見なければならないということです。だとすれば、浄土信仰の目ざすものは浄土＝「あの世」に向かうことから現世＝「この世」そのものに還ってくることへと変わらなければならなくなるはずです。それが〈還相〉の本質的意味になります。そしてそこではたんに浄土＝「あの世」から現世＝「この世」へと還ってくるという「還相回向」だけにとどまらず、救いをめぐる根源的なまなざしの転換が生じます。この転換を通して救いの根拠としての「浄土観」が最終的に解体します。極端にいえば浄土＝「あの世」も、阿弥陀仏さえもいらなくなる。第十九願も第二十願も解体します。残るのは「この世」にあって念仏（称名）にひたすらすがることだけです。あるいは最終的には念仏（称名）さえもいらなくなるのかもしれない。それは、浄土を知り（浄土観）そこへ向かう（成仏）という浄土信仰の骨格というか、信仰と救済の根本的な因果関係の解体、すなわち浄土信仰の核心をなす理＝ことわりの最終的な解体を意味します。そうすると第十八願さえもその根拠が解体されることになります。すべての救いの根拠は解体されてしまうのです。親鸞のいう〈還相〉はそこまでいくことを要求しています。ここまでつきつめてしまった後で、では救いを信じる根拠はどこに求められるのか、ほんとうに救いの根拠、可能性は存在しうるのか、という問いがあらためて立てられなければなりません。吉本さんはこうした〈往相・還相〉をめぐる親鸞の極限的な思考の持つ意味に震撼させられたのだと思います。だからこそ親鸞の言葉は吉本さんにとってたんなる「概念」ではなく、信仰のもっとも深いところから立ち現れてくる重い問いを帯びた「言葉」となります。そしてそうした親鸞の言葉に向き合う吉本の『最後の親鸞』には、たんに理論的内容の問題だけではなく、吉本隆明というひとりの思想家の全存在、そしてそこにまつわる思想的実践を促す膂力や情感のうねりといった要素のすべてが込められているのです。詩人でもある吉本さんにとって思想はつねにこうした要素と不可離な形で結びついているし、しかもそれにもっとも相応しい言葉を通してしか表現され得ないものだからです。それは断じて「知」の言葉ではありません。吉本さんの言葉を借りれば、それは「吐息のようにつけ加えられている言葉」であり、「「存知」せざる言葉」「「面々の御計」の言葉」（五〇頁）である他なくなります。この問題は後でもう一度触れることになると思います。

もう一つだけこの本における中心的な概念を挙げておきましょう。それは〈理と信〉です。この言葉は〈往相・還相〉と表裏一体の形で結びついています。〈理〉は「り」と読んでも「ことわり」と読んでも、あるいは「はからひ」と読んでもいいと思います。ようするに思考や認識に含まれる「論理」「真理」の〈理〉であり、ものごとの「道理」「理曲」の〈理〉でもあり、さらには人間の判断や配慮を支えている「理性」や「心理」の〈理〉でもあるということです。さらにこの〈理〉は暗黙のうちに「利」、すなわち信仰と救済の功利的な因果関係をも含んでいます。つまり信仰の効用の弁証です。それに対して〈信〉は理直を超えた実践です。根拠があろうとなかろうと、真理であろうとなかろうと、またそこに利をめぐる因果関係があろうとなかろうと「私は信じる」という立場に立って〈信〉を実践するところに〈信〉の本質があります。〈信〉には端的に「信じる」ということ以外の根拠はいらないわけです。

〈理と信〉は信仰においてつねにふたつの極を成します。一言でいえば、〈理〉は教義へ、〈信〉は個々人の内面へ帰着します。その意味でこのふたつの極は信仰の内部で対立関係にあります。教義としての〈理〉が極限まで拡大されたとき〈信〉は滅却されざるをえなくなるし、逆に〈信〉だけが極限まで拡大されると〈理〉は消滅せざるをえなくなります。宗教の歴史はある意味でこの対立、葛藤の連続の歴史だったともいえるでしょう。だがほんとうにこのふたつの極は対立するのでしょうか。むしろこのふたつの極は循環していると考えたほうがよいのではないでしょうか。

一二世紀のイタリアにキリスト教史上最初の改革者としてアシッジの聖フランチェスコが現われます。彼は〈理〉を捨て純粋な〈信〉につくことを求めようとしました。そのフランチェスコが当時のキリスト教会の総本山であるヴァチカンを訪れたとき、いわばキリスト教における〈理〉の総帥であるローマ法王イノケンティウス三世がフランチェスコの〈信〉を承認したことは〈理と信〉の循環の必然性を物語っています。結果的にフランチェスコの〈信〉がヴァチカンの〈理〉を支える形で両者の循環が始まるのです。そしてフランチェスコの〈信〉はフランチェスコ派修道院という形でヴァチカンの〈理〉の秩序の中へと回収されていきます。あまつさえフランチェスコ派のなかからボナヴェントゥーラなんて体系的な神学者まで出てくるわけですからね。たとえフランチェスコの〈信〉が純粋であったとしても、宗教という枠組みのなかではこうした〈信〉の〈理〉への回帰は必然的な成り行きとして生じます。もし〈信〉をほんとうに最後まで純粋に貫こうとするならば、大切なのはむしろこのふたつの極のあいだの循環から抜け出すことになるはずです。別な言い方をすれば、〈理と信〉の対立から抜け出ることによって〈理〉も〈信〉もともに解体してしまうことこそが真の〈信〉の始まりではないのかということです。それは、先ほど触れた〈還相〉における、還りがけのまなざしから見られた〈信〉のあり方といってもよいでしょう。しかし依然として問いは残ります。〈理〉との対立関係にある〈信〉を解体した後に来る第二の〈信〉とは何なのか、それは第一の〈信〉とどこが違うのか。これが親鸞の突き当たった最深奥の問題であり、同時に最後の吉本隆明の問題でもあったと思います。

2. 越後配流が親鸞に与えたもの

親鸞は平安時代の末期、源平の合戦が始まろうとする時期に生まれ（一一七三年）、鎌倉時代の前期に九〇歳（一二六二年）で亡くなっています。平安時代末期から鎌倉時代前期にかけての激動の時代を一宗教者として生き抜いた人です。資料的にいうと親鸞の生涯はよく分からないところが多いようです。日野氏という下級貴族の出身だったろうといわれているのと、出家したときの導師が、比叡山の最高ポストである天台座主《ざす》を四度にわたって務め、有名な歴史書『愚管抄《ぐかんしょう》』(49)を書いた高僧慈円《じえん》だったということなどから、ある程度の地位にある家の出身だったと考えてよいと思います。慈円の導きによって出家し比叡山で修業しますが、その日々は若き親鸞にとって失望と蹉跌の連続でした。あるとき京都の六角堂に一〇〇日間籠り九五日目に夢で聖徳太子のお告げを受けて、その後法然のもとへ入門し専修念仏の立場へと移っていきます。ところがその五年後、承元《じょうげん》元年（一二〇七年）、後鳥羽上皇によって専修念仏が禁止されます。単に禁止というだけでなく、法然門下にみだらがましいふるまいがあったということで法然の高弟四人が斬首され、法然は土佐へ、高弟の一人であった親鸞は越後へ配流となります。いわゆる「承元の法難」といわれているものです。そこにはいろんな背景があったと思います。ひとつ重要なのは、後の話とも関わりますけど、専修念仏が徹底した他力説をとることによって自力の道、つまり自らの力によって成仏するための修行の一切を否定するという立場をとったことです。これは窮極的にはあらゆる宗派の存在の否定につながります。そのことが他宗派、特に天台・真言という既成の二大宗派、さらには伝統的な南都仏徒らの怒りを買って、その圧力が法難として現れたのだろうと考えられます。すでに触れた親鸞の信仰の最大の問題である「悪人正機説《しょうきせつ》」がこの頃からすでに法然門下で兆し始めていたこと、つまり戒に基づく行為規範など無視したって救いとは関係ないんだという発想によって放埒な行為へと走る門弟たちが少なからずいたことも弾圧の直接的な引き金になったようです。法然のもとで修行していた親鸞はこの法難によって突然師と訣別させられ越後へと配流されてしまう。しかも還俗して俗人に戻ることまで強制された。この越後配流が親鸞の根本的な思想的転換につながったと思います。

越後配流は、ある意味では法難という偶然の事件の結果、言い換えれば外的な要因によって生じた結果に他なりません。先ほど述べたようにこの結果親鸞は強制的に還俗させられます。この頃の親鸞の僧名は善信だったのですが、藤井善信という名前になりました。坊さんとしては「ぜんしん」だけど還俗させられた後はきっと「よしのぶ」という読み方になったんでしょうね。ちなみに法然も還俗させられて藤井元彦になります。この還俗による俗人の立場への転換が親鸞の宗教思想に大きな影響を与えました。このことによって法難という偶然かつ外的な事件が宗教思想の問題へと変容します。より正確にいえば宗教思想の問題として親鸞の中で内面化されていったのです。

それにしても当時の日本の中心であり文化的にも最先端の位置にあった京から草深い田舎である越後へと配流されたことは、親鸞に強烈な落差を感じさせただろうと思います。越後に行ったときにはおそらく目もくらむばかりの落差を感じたでしょう。また京という場所で培かわれてきた彼の信仰の基盤や論理にとってもたいへんな試練だったと思います。ほとんど文字も解さないような人々の中に投げ出されて、なお自らの信仰というものを支える根拠があるとすればそれは何なのか、さらにはこうした人々に布教という形で信仰を広めてゆくことが可能だとすればそれは何によってなのか、という問題に当然つきあたったでしょう。

そこから出てきたのが、親鸞の〈非僧非俗〉という立場です。ちなみに吉本さんの『最後の親鸞』の中で越後配流時代の親鸞については、「ある親鸞」という章で論じられています。さてこの〈非僧非俗〉という立場ですが、親鸞は自分のことをしばしば「愚禿《ぐとく》親鸞」といっています。愚禿というのは「愚」にして「禿」、つまり愚かにして禿頭、頭を剃った僧体であるということを意味します。ここでいう「愚」は単純に愚かであることを意味しているというよりは、現世の愚かさに取りつかれた人間、すなわち平凡な世俗の人間を意味していると考えられます。といっても禿頭、僧体なわけですから俗人そのものでもない。したがって愚禿という言い方をあえてした背景にあったのは、まさに〈非僧非俗〉、「僧にあらず、俗人にあらず」という立場の表明であったといえます。この〈非僧非俗〉の立場への目覚め、自覚こそが、越後配流時代の親鸞の大きな思想的転機のきっかけであったろうと考えられます。

京という日本の中心であり仏教を含む当時の文化の最先端的な場でつくり上げられた専修念仏の教理は、浄土門の優れた指導者である法然が生み出した一個の極めて独創的な思想でした。いうまでもなく浄土門はそれまでも天台念仏・真言念仏の形で存在していました。法然の専修念仏はそうした浄土門を含む平安期までの既存の宗派の教理と存立基盤の中から、いわば母親の腹をくい破って飛び出してくる鬼っこのようにして形成されていったのです。それはひたすらに念仏を唱えて弥陀の慈悲にすがるという徹底的な他力説の立場を取ります。自力による難行・修行によって自らが仏に近づくという成仏のしかたによってではなく、すべて弥陀の慈悲にすがることによってこそひとは成仏し救われるのだ、という考え方です。その徹底した他力の考え方を教理としてまとめたのが法然の著作『選択本願念仏集』です。

3．〈信〉の極限が宗教の解体となるというパラドクス

そうするとここである種のパラドクスが生まれてきます。弥陀が差しのべる慈悲にすべてを委ねればよいという他力説に立つと、信仰のための努力や修行、さらにはそうした修行を指導する聖職者、修行を行う場としての教会・寺院などが必要なくなり、ひいては信仰の営みの束としての宗教そのものも必要なくなるというパラドクスです。別な言い方をすれば、〈信〉において、宗教組織〈教団〉の内部で自力による修行、修養を行う特別な聖職者であること、つまり〈僧〉であることと、宗教の外にいる〈俗人〉であることとの区別が事実上無意味になるということです。他力信仰をつきつめていくと〈信〉そのものの具体的な宗教としての根拠が解体してしまうのです。それは浄土信仰にとどまらない普遍的な宗教上の問題です。じつはキリスト教の場合にも同じ問題がありました。

一六世紀にルターが始めた宗教改革を通してキリスト教はカソリック、プロテスタント二派に分裂します。そしてカソリックが基本的には自力説に立ち教会組織を重んじるのに対し、プロテスタ

マルティン・ルター

ントのほうは他力説に立ちます。じつはここでも今述べたようなパラドクスが生じます。たとえばプロテスタンティズムの創始者ルターは、信仰において必要なのは神と私の間に〈汝と我〉という二人称の関係を結ぶことであり、〈汝＝神〉と〈我＝人間〉のあいだで他には何もいらないと主張します。神と我のあいだに、直接〈汝と我〉という二人称関係が成立することが信仰、神を信じるということ、つまり〈信〉であるということです。それ以外はなにもいらない。もっとも凡人が神と〈汝と我〉の関係にいきなり入れるわけではないから手がかりは必要です。その手がかりになるのが神の言葉の集成としての聖書でした。ルターが新約聖書をドイツ語に翻訳した（いわゆる『ルター聖書』）教理上の理由とはこれでした。それまでの聖書はヘブライ語、ギリシア語、ラテン語だったからドイツの一般民衆には読めないし理解することも出来ない。しかし信仰のよすがとなる神の言葉の集成としての聖書は誰にでも読めて理解されなければならないわけです。逆にいうと、聖書さえあれば教会もいらないし教団もいらない。一人一人の個人が聖書の言葉を手がかりに、神と二人称の関係を通して面と向き合いさえすれば、そこで〈信〉は成立するということです。ルターの考え方を引き伸ばしていくとそういう考え方になります。(50)

ある面からいえばそれは宗教の解体につながります。そうした〈信〉には、一般的に理解されている意味での宗教という形態がもはや必要なくなるからです。ここでいう宗教とは、教団を構え、教団の拠点としての教会を建て、教義を整備し（キリスト教では「教理」といいます）、さらには教会において信徒たちを指導する専門の聖職者を育成し養う、といった要素の総称になります。つまり〈信〉が〈理〉を通して体系化され制度化された形が一般的な意味での宗教だということです。ところがルターの〈信〉からすればこういったものすべてが全部必要ではなくなるわけです。個人ひとりひとりが聖書の言葉を通して神と向き合えさえすればいいわけですから、教団も教会も聖職者も必要ない。少なくとも宗派という形で成立するような宗教のあり方はいっさい必要なくなります。さらにこれをどんどん突きつめていくと、個人々の〈信〉の先に、はたしてそれが宗教にとって不可欠な要素といえるかは別として、それまでの宗教が制度的であれ非制度的であれ必ず帯びてきた一切の集団性や共同性すらもが解体してゆくような極限的な場が現れてきます。それは個々人の純粋な内面性という場です。トーマス・マンがいうように、近代ドイツの思想や文学・芸術の土台であった「ドイツ的内面性」の起源はルターでした[51]。でも個々人の内面性そのものをはたして宗教と呼べるのでしょうか。そうだとしてもルターの考え方を押し進めていけば必然的にそうならざるをえないわけです。

このルターの二人称関係を通した〈神と我〉との向き合いに〈信〉を求める考え方の源流となるのは、おそらくパウロだと思います。キリスト教史上最初にして最大のオルガナイザーだったあのパウロです。そのパウロに「義認」という考え方があります。「義認」というのはぼくの理解では、神がこの人は正義の人であると認めてくれることです。自分の方から「認めてほしい」というわけではない。神の方から、つまり外からその人間を「正義の人である」「義人である」と認めてくれるという、きわめて受動的な形で訪れる〈信〉の保証といったらいいと思います。ちなみに人間の側からいえばこの「義認」は「召命」になります。神から使命を授かるということです。この「召命」のドイツ語は「Beruf」ですが、この言葉は一般的には「職業」を表わします。つまり「職業」の起源には神の「召命」があるのです。これもルターの考え方の重要な要素です。

さてこの「召命＝職業」は『マタイ福音書』にある「カエサル（王＝世俗）のものはカエサルに、神（信＝宗教）のものは神のものに」という世俗の論理と〈信〉の明確な分離に由来しつつ、〈理〉と〈信〉の二元性へと帰着します。現世＝世俗の論理が〈信〉からきれいに排除されるのです。これは裏返していうと徹底的な世俗肯定の論理にもなり得ます。内面の〈信〉さえ確保されれば日常

デューラーの描いたパウロ
左の人物はマルコ

生活ではことさら宗教的である必要はなくなるからです。つまり現世＝世俗は自律的な存在となり否定されなくてよくなるのです。このあたりの消息は浄土信仰の変容の過程とたいへん似通っています。「悪人正機説」はプロテスタンティズムにおける純粋な内面性の裏返しとしての世俗肯定の論理にあたると考えてよいと思います。周知のようにマックス・ウェーバーは『プロテスタンティズムの倫理と資本主義の精神』においてこうしたプロテスタンティズムの聖俗二元論を資本主義精神の起源として捉えました。プロテスタンティズムの逆説的な現世肯定の論理が世俗の自律化の完成としての資本主義の駆動因になったということです[52]。

いずれにせよルターの〈信〉のとらえ方の源流は、おそらくパウロの「義認」にあるのだと思います[53]。パウロの義認論から見えてくる、神に対して人間が強いられる徹底した受動性の構造のなかにしか、つまり神の側から自分が認められること、義認され召命されるところにしか〈信〉の根拠は見出され得ないという意味で、この受動性の構造こそにルターの〈信〉の起源があるということです。しかしパウロはこうした〈信〉の受動的構造の証としての義認論を逆手にとる形で、原始キリスト教教団の組織をつくりあげたオルガナイザーでもあった。

現在のトルコにあるタルソスで生まれたパウロはもともと熱心なパリサイ派のユダヤ教徒で、キリスト教徒ではありませんでした。ローマ帝国の市民権も持っていました。そのためキリスト教に改宗後もイスラエルの地のキリスト教徒たちの激しい憎悪の対象となり、活動拠点を現在のシリアにあった古代都市アンティオキアに求めざるをえませんでした。だがそのことによってかえってキリスト教は、ユダヤ人以外の異民族にも自分たちの信仰の論理を述べ伝える可能性を与えられたのです。とはいえそれをキリスト教がインターナショナルな普遍性を得たなどと単純に捉えてはなりません。もともとユダヤ人というのは民族名ではありません。ユダヤ人の定義は「ユダヤ教を信じる人間」以外にはないのです。ユダヤ教の神からそれを信じる人々に与えられた最初の名はイスラエルでした。ではユダヤ教とは何か。一言でいえばそれは神が与えた掟、すなわち律法を守ることです。ユダヤ教の神は、ときに恣意的に思えるほど人類に試練や苦難をこれでもかこれでもかと強いる苛酷で情け容赦ない神です。それは息子をいけにえに差し出すことを要求されたイスラエル民族の祖アブラハムや突然神に殺されそうになるモーゼの逸話からも明らかです。このような神が課す律法を守り通すのは容易なことではありません。新約聖書に出てくるパリサイ人というとイエスを弾圧した邪悪な集団というイメージがありますが、彼らはもともと律法を守る精神が弛んでしまったことを憂いて立ち上がった改革派集団でした。彼らはある意味で神の課す律法の遵守を求める真面目で真摯な宗教者たちだったのです。しかし律法が苛酷であればあるほどその遵守は困難さを増してゆきます。そしてその困難を真摯に克服しようとすればするほど、そこには一種の倒錯したマゾヒスティックな心理が生じます。苦しみの増大こそが〈信〉の証であり信仰の大いなる喜びにつながるという倒錯です。そしてこの倒錯の共有が宗派の成立根拠となります。マゾヒスティックな倒錯を共有する宗派が排他的でときに独善的になるのは不可避的です。そして重要なのは、あらゆる宗教上の自力説を突きつめてゆくとこうした倒錯に行き当たるということです。

こうしたユダヤ教の閉鎖的な独善性、言い換えればマゾヒスティックな律法遵守という難行道に依拠するユダヤ教の自力説的な倫理性に対して批判の刃を突きつけたのがナザレのイエスでした。

イエスは律法の遵守が生み出すマゾヒスティックな倒錯を断固として斥けます。代わりにイエスが示したのは、律法を守ることの出来ない弱い人間の是認であり、そこから導かれる〈愛〉という言葉に象徴されるような〈信〉のあり方でした。それをもっともよく象徴しているのが『ヨハネによる福音書』にある不倫を犯した憎むべき女として人々から石をぶつけられ殺されかけていた女性をイエスが救ったことです。アラブ・イスラム社会には現在でも不倫を犯した女性はこのやり方で処刑せよという戒律が残っているそうですけどね。イエスは人々に向かって言います、絶対に罪を犯していない、つまり律法に違反していないと言い切れる人間だけがこの女に石を投げよ、と。逆にいえば、誰もが苛酷な律法を厳格に守り通すことなど不可能なのです。言い換えれば、誰もが弱い人間、より端的にいえばどこかで罪を犯してしまう「悪人」なのです。人々はイエスの言葉に石を投げるのを諦めます。女性は救われたのです。この罪を犯した女性は伝承のなかで福音書の他の箇所に出てくるマグダラのマリア、イエスの足に香油をかけたあのマリアと同一視されるようになります。その結果、マリアの〈回心〉の物語が生まれます。それは「強さ」ではなく「弱さ」のなかから生まれる〈回心〉の「物語」です。マリアはイエスの受難の際、弟子たちさえもが逃げ去ったなかでゴルゴダの丘にとどまり十字架にかけられたイエスの終焉、イエスの受難の瞬間を見届けました。そしてイエスの復活を最初に目撃するのもマリアでした。弱者の弱さそのものがその極限において比類ない〈信〉の強さへと転じたのです。その根拠となったのは律法の苛酷さではなくマリアのイエスへの〈愛〉の深さでした。マグダラのマリアに関しては、やれイエスの子どもを宿しただの、その子を起点として公認教会とは別の秘密の系譜が形成されただのという「不純」な諸説がかまびすしく囁かれていますが、肝心なのはマリアのイエスへの〈愛〉の深さ、無償性を信じるということです。彼女の〈愛〉の深さが、弱さをそのまま〈信〉の強さへ転じさせたことだけを見ておけばよいのです。もちろんこの〈愛〉はイエスとマリアのあいだの性愛関係を含んでいてもいなくてもどちらでもかまいません。ぼくは聖書のなかのマグダラのマリアの話が昔から好きでした。もっともそれは同時にあのニーチェをかんかんに怒らせた「弱者の道徳」の根拠ともなるのですが。

　イエス自身もまた決して強い人間ではありませんでした。十字架上で「神よ《エリ》、神よ《エリ》、なぜ《ラバ》私を見捨てたもう《サバクタニ》」と嘆いた弱い人間でした。うまうまとユダの陰謀に引っかかって死んでゆくドヂでマヌケな人間でした。この弱い人間としてのイエスを神にしたところにユダヤ教からキリスト教への最大の転換点が存在するといってよいでしょう。それはある意味で自力説から他力説への転換に他なりません。自力に頼ることが出来ない弱者の救いは他力的な受動性の中にしかないからです。こうしたキリスト教の〈信〉の意味を「義認」という概念を通してはっきりと完成させたのがパウロに他なりません。神は弱いイエスをその弱さそのものにおいて「神の子」として認め、弱さを〈信〉の根拠として定めたのです。だが同時にそこにはナザレのイエスの弱者の「愛」がそのままでは宗教の、宗教という枠組みを残した形での〈信〉の解体へつながりかねないというパラドクス、つまり宗教としての自己否定に行き着きかねない危険も存在しました。

　パウロは「義認」を通した弱者の連帯の組織化（教団化）というかたちでその危険を克服するべく律法に固執するユダヤ人の外部へとキリスト教を広めていったのです。その際に「義認」に対応するかたちで信徒たちにはキリストの十字架上の受難と復活を承認し信じることが求められます。

イエスへの無償の〈愛〉がこの瞬間に信仰の規範的な前提条件へと置き換えられます。「愛する」という自然な行為が「愛さねばならない」という規範に置き換えられるのです。これによってこの規範を基準とした形での広範な布教が可能になります。そのもっとも重要な手段となったのが新約聖書に収録されているパウロの膨大な書簡です。彼は書簡を通して、各地に散らばった信徒を強力にまとめあげていった。

パウロの義認論とキリスト教の組織化には、宗教のあり方、教団のあり方に関する重大なパラドクスの芽が埋め込まれています。それは先ほどフランチェスコと関連してのべた〈理と信〉の循環に根ざしています。純粋な〈信〉であろうとすればするほど、言い換えれば「弱さ＝他力」に根ざそうとすればするほど、かえってその〈信〉は〈理〉にからめ取られ「強さ」へと転じていくのです。パウロの抱えていたパラドクスは最終的にキリスト教のローマ帝国における国教化というところまで行き着きます。弱者の連帯の組織化は史上最も強力な帝国の宗教へと帰結するのです。そしてこのパラドクスはその後のキリスト教の歴史、とりわけルターへと受け継がれてゆきます。

ルターは宗教の解体にまで至りかねない彼の〈信〉のラディカリズムを徹底することを回避します。それは、自らの始めた宗教改革がそれに続くドイツ農民戦争の引き金になったという状況の中で、ルターが領主・皇帝派の側に与し、反乱を起こした農民への苛酷な弾圧を是認するところに現れています。純粋な〈信〉への志向は、聖俗二元論を媒介として最悪ともいえる現実肯定の論理、権力への阿諛追従へと帰結するわけです。これはまさにパウロ的意味でのパラドクスに他なりません。そしてプロテスタンティズムも教団組織をつくりあげていく道を選ぶことになります。そこにはいわばパラドクスにパラドクスをもって対抗するという、見ようによっては卑劣極まりない大ばくちというか、欺瞞に満ちた策謀が仕組まれています。このあたりは親鸞の後に蓮如が出て一向門徒の大教団をつくり上げる過程と似ています。ただ思想的にいえば、ルターのなかにも、〈信〉をつきつめていけば、宗派なり宗教の解体にまで至りかねないパラドクスが埋め込まれていたことは確かです。

親鸞に引きつけていうそれは〈理と信〉の関係の問題になりますが、同時にそこには宗教を超えるラディカルな思想の転換の契機も埋め込まれていたと思うんです。おそらくルターや親鸞のような考え方、〈信〉というもののラディカリズムを突きつめていくときに生じてくるある種のパラドクス、最終的には宗教の解体にまで至らざるをえないようなパラドクスをもたらす〈信〉のラディカリズムぬきには、広い意味における近代的な思考は生まれえなかっただろうと思います。そうしたラディカリズムの中から、マンの言う意味での近代的な内面性というものが生まれてきたからです。なぜ宗教の解体かというと、〈信〉のラディカリズムは最終的には宗教という枠組みすらも解体していって最終的にはそれぞれの個人の絶対的に還元不能な内面性の浮上へと行き着くはずだからです。つまり宗教というものが内面性にとって替わられる。内面性という場が、近代的な意味における文学、芸術などが成立するすべての源泉、成立空間としての意味をもつようになります。その意味ではウェーバーのいう意味とは少しずれますがルターのプロテスタンティズムは近代思想の起源ということが出来ます。ただし親鸞の思想にはそうしたルターの思想的枠組みさえも踏み越えてしまう要素がふくまれていますが。そうした親鸞の思想的要素が比較可能なのはおそらくスピノザだけだろうと思います。

ただ確認しておきたいのは、ルターと同じ問題が越後において親鸞にも起こったということです。京都という場所での法然の教義『選択本願念仏集』に凝縮された他力説の教理、教説の世界というものが、越後という場で、無学文盲の民衆の世界に触れていく中でもろくも解体していく、言い換えれば親鸞の教説なり教理、〈非僧非俗〉、愚禿というかたちをとって親鸞の中に生じた問題とは、京都という場所での法然の教

つまり〈理〉によって支えられていた〈信〉という構造が解体してしまう、同時に〈理と信〉の間の因果関係もまた解体してしまう、とい問題だった。そうした解体の後でなお残りうる〈信〉とは何か、その根拠は何かという問題が、おそらく親鸞に突きつけられただろうと思います。

ここで誤解がないように言っておきたいのは、親鸞は〈信〉を根拠にするかたちで〈理〉を積極的に否定、拒否したわけではないということです。そうではなくむしろ否定的なかたちで、つまり〈理〉によって〈信〉を支えることは出来ないというかたちで親鸞が問題を認識していたということです。〈理〉によっては〈信〉は支えることは不可能だという認識です。より正確にいえばそれは、「出来ない」という認識というより、もっと生々しい「不可能にならざるをえない」という実感だったと思います。ここでいう〈理〉とは法然の『選択本願念仏集』という著作に凝縮されている、専修念仏の教理、教説です。この他力説という教理、教説によっては、専修念仏の〈信〉を実践的に支えることができない、支えることは不可能であるというところへ、越後の体験を通して親鸞は向かわざるをえなかったのではないか。

親鸞は越後に五年くらい留まった後、常陸に移りますが、そこでそういう思いはもっと強まった

だろうと思います。古代から江戸時代にかけては廻船航路があったから、日本海側のほうが文化はずっと発達していました。酒田も新潟も金沢も経済的、文化的には豊かなところでした。それに比べると太平洋側は文化的には後進地域です。だから越後から常陸に移ったとき、さらにその思いが強まったでしょう。そのとき親鸞が突き当たったのは、〈理〉によっては〈信〉を支えることはできない、あるいは〈理〉は〈信〉の根拠になりえないという強烈な体験を経て、では〈理〉によって〈信〉を支えるという構造が解体した後になお残る〈信〉というものは何なのかという問題だったと思います。そしてこの問題が〈往相・還相〉の問題へとつながっていくのです。

4.「賀古《かこ》の教信《きょうしん》」と〈非僧非俗〉への道

吉本さんが親鸞においてとくに着目した越後配流から常陸への移転にかけての時期については「ある親鸞」(54)の章の中で述べられているのですが、ぼくがとりわけ印象的だったのは「賀古の教信」の問題です。吉本さんの文章を引用します。

「越後の在俗生活は、親鸞に〈僧〉であるという思い上がりが、じつは〈俗〉と通底している所以を識らせた。そうだとすれば〈僧〉として〈俗〉を易行道によって救い上げようとするのは、自己矛盾であるにすぎない」(一〇四頁)。

僧という聖職者の立場で、民衆を易行道《いぎょう》、易行道というのは他力説ですが、他力説という教説によって救い上げようとするのは自己矛盾だというのです。

「〈衆生〉にたいする〈教化〉、〈救済〉、〈同化〉といったやくざな概念は徹底的に放棄しなければいけない。なぜならばこういう概念は、じぶんの観念の上昇過程からしか生れてこないからだ。観念の上昇過程は、それ自体なんら知的でも思想的でもない。ただ知識が欲望する〈自然〉過程にすぎないから、ほんとうは〈他者〉の根源にかかわることができない。往相、方便の世界である」（同前）。

聖職者、つまりある種の知的な上昇手段を持った人間、いわゆるインテリが、自分の知的な上昇によって獲得した世界、それが〈理〉の世界になるわけですが、そうした〈理〉の世界による知的な上昇手段を持たない無学文盲な民衆に対して、〈理〉をバックにしたかたちで教化する、つまり教え諭す、啓蒙するといってもいいですが、そんなものは嘘っぱちに過ぎないことに気づかざるをえなかったのが親鸞の越後体験であったと吉本さんはいいます。そしてその知的な上昇志向を何の疑いもなく受け入れてしまう〈理〉の世界をそれ自体として無媒介に肯定してしまうこと、あるいはそうした無媒介な肯定のプロセスをごく自然な形でたどってしまうこと、それが吉本さんのいう〈往相〉になります。それは、〈理〉、教義による上からの教化を通した救い、成仏の道をたどることといってもよいでしょう。

「〈他者〉とのかかわりで〈教化〉、〈救済〉、〈同化〉のような概念を放棄して、なお且つ〈他者〉そのものではありえない存在の仕方を根拠づけるものは、ただ〈非僧〉がそのまま〈俗〉ではなく〈非俗〉そのものであるという道以外にはありえない」（一〇四〜五頁）。

つまり僧、聖職者である、〈往相〉の位相に対して無自覚なままそれを自然過程として受け入れてしまう啓蒙の主体、教化の主体であることを放棄するというのが、越後配流から常陸移住にかけての親鸞の見出した新たな思想的境地だったということです。しかしそうした位置を放棄するということはストレートに〈理〉を否定することにはなりません。一方には〈非俗〉がある。つまり自分が聖職者、インテリの立場であることを否定することが、ただちに自分が民衆になるということを意味するわけではないんだということです。だから〈非僧非俗〉になるわけです。僧であることを否定すると同時に俗であること、民衆そのものであることもまた否定される。

「ここではじめて親鸞は、法然の思想から離脱したのである。もはや、異貌の〈衆生〉のひとりとして、親鸞は京洛へではなく新開の辺地である関東の〈衆生〉のところへ潜り込むほか、ゆくところはなかった」（一〇五頁）。

関東というのは常陸をさします。

「関東では人々はかれを、京から布教にきたありきたりの「人師」として遇するかもしれぬ。だが親鸞の思想は、外貌は法然の徒であっても支える内的根拠はすでに変貌していた。かれが、京洛の法然の死に背中を向けて、常陸への路をさしていったとき、心のなかは孤独だったろう。かれの外貌は遁世の僧体とはならず、独自な思想を秘めた在家の念仏者のものであった」（同前）。

在家《ざいけ》念仏者の立場、これが〈非僧非俗〉の具体的な立場になるわけです。同時にここから〈還相〉の問題が始まります。まず〈往相〉が否定される。〈往相〉を否定するとは、〈理〉によって〈信〉を根拠づけるという考え方を放棄するということになります。ただそれはただちに世俗への回帰にはならない。そこで親鸞が突き当たったのが「賀古の教信」の存在でした。

「このとき親鸞の胸中に、幾度も去来したのは法然の姿ではなく、賀古の教信沙弥の姿であったろうことは疑われない。親鸞が「我は是れ賀古の教信沙弥の定なり」といつも云いつづけていたとは、『改邪鈔』だけが記している」（同前）。

この「賀古《かこ》の教信沙弥《きょうしんしゃみ》」という人は、興福寺にいた偉いお坊さんだったそうですが、ある時そういう立場を全部捨ててしまいます。そして西海めざし播州《ばんしゅう》賀古郡西の口まで来てそこに草庵をつくって、妻帯し子どももうけたらしい。髪も剃らず爪も切らず、衣も着ず、袈裟もかけず、ただ念仏を唱えるだけだった。生活は、喜捨も乞わず、農家に雇われて田畑を耕して銭をもらい、旅人の荷を担ぐ手伝いをして食べ物をもらい、最後はそのまま自然に亡くなって、屍体は狗《いぬ》や鳥に喰わすに任せたとあります。これが〈非僧非俗〉のモデルとして、親鸞に認識されたんだろうと吉本さんは考えたわけですが、ここでいくつかポイントがあります。

5. 〈信〉をなにによって支えるのか

賀古の教信は表面的に見ればすでに平安時代から存在した、出家遁世の志を抱き世を捨てて山中などに草庵を建てて念仏三昧にふけったいわゆる「捨て聖」のひとりのように見えます。だが重要な一点で教信は一般的な捨て聖と異なっています。それは、教信が喜捨に頼ることなく労働によって収入を得て生活を維持していた点です。教信は俗との接点を放棄しなかったのです。それはなぜか。逆説的な言い方になりますが、簡単に世を捨ててしまうのではなく、汚濁、蒙昧、煩悩にあふれた俗世との繋がりになかにとどまり続けることによって初めて、つまり俗世という悪の権化と繋がり続けるという覚悟を引き受けるところまでいって初めて〈信〉のもっとも根源的な層が見えてくるからです。そうでなければとうてい〈理〉による〈信〉の根拠づけの回路を断ち切って、別の回路から〈信〉というものを根拠づけるなどということは不可能です。結局は浄土への往きがけの道である〈往相〉にとどまってしまい、いつまでたっても〈還相〉への道など見えないまま終わります。

同じ浄土門の中で、一遍を中心とする時宗、遊行念仏の徒というのは全く正反対の方向へいくわけです。すなわち彼らは徹底的な現世否定へと向かう。これはある意味、法然の専修念仏のラディカリズム化と考えられるわけですが、一遍の考え方に立てば、徹底した現世否定、この世にある有形無形のさまざまな諸関係を完全に切断することのなかにしか救済の可能性は存在しないことになります。だから一遍における〈信〉の構造はあらゆる生活上の関わり、つながりを捨てるという形になります。一遍もある面でいうと〈非僧非俗〉を目ざしています。一所不在のまま全国を集団で念仏して歩く。そのあたりの消息は鎌倉時代の優れた絵巻『一遍上人絵伝』に生き生きと描かれています。ちなみに一遍は元寇のときに水軍として活躍したことで知られる河野氏の出身でした。また余談になりますが、そこに注目しつつ、一遍の遊行念仏集団が当時の下層民衆、とくにクグツなど遊芸を生業とする非定住非農耕民集団、つまり後の被差別部落の起源となる下層遊民集団との深い関わりを持っていたことを元寇当時の時代背景とともに描いたのが戦後歴史小説の最高傑作のひとつといってよい海音寺《かいおんじ》潮五郎《ちょうごろう》の『蒙古来る』です。[55] 今歴史・時代小説というと池波正太郎・藤沢周平・司馬遼太郎ばかりが注目されますが、海音寺の雄渾で骨太な小説世界に体現されている歴史眼の深さ、該博な教養、そして西南戦争に参加した祖父が「賊軍」の汚名を着せられたことに由来する勝者の正史への烈々たる反骨精神に比べると遠く及ばないといわざるをえません。同じことが長谷川伸や子母澤寛《しもざわかん》の小説にもいえます。日本の歴史をより深く知る上でかれらの小説はもっともっと読まれるべき貴重な紙碑だと思います(56)。

脱線してしまいましたが、一遍もまた自分の死後教団なんかつくるなと言っています。つまり月並みな〈往相〉の道に安住することをラディカルに否定しているわけです。と同時に強烈な現世否定によって俗世との関係を断ち切ってしまう。一遍もある意味で〈非僧非俗〉であるといえるのだけど、その現れ方は親鸞の場合とは全然違う。むしろ正反対であるといったほうがよいでしょう。一遍の場合、〈理〉による〈信〉の根拠づけという回路を否定するところまでは親鸞と同じだと思います。しかし〈信〉を何によって支えるかというところでは、まったく正反対の立場をとります。吉本さんの言い方を借りれば、現世否定を極限まで引っ張っていって、生きながらに死んでいるという境地へと達することに一遍の〈信〉の根拠はあった。一遍集団は一種の「死なう団」だったといってよいと思います。

一遍が徹底した現世否定によって〈信〉の根拠づけをやろうとしたとすれば、親鸞の場合は、とりあえずいうなら〝現世肯定〟の立場になります。その〝現世肯定〟を最もシンボリックに現わしているのが、賀古の教信が喜捨を否定して自らの労働によって生活を営み、妻帯し子どもをもうける、つまりある有形の生活を形づくっていったという事実です。もちろんそれは単純な現世肯定ではありません。やや矛盾した言い方になりますが、教信の場合、世俗にとどまり続けることそのものの中にこの世を捨てる志向が埋め込まれている、つまり現世にとどまり続けることがそのまま現世を捨てることである、というところに〈信〉の根拠があったのだと思います。それはそのまま教信に傾倒した親鸞の立場にもなります。

それがなおかつ〈信〉でありうるとすれば、何をもってそういえるのか。そういう問題が次にきます。そのように考えていくと、親鸞の思想はおそろしく分かりにくい。一遍のほうがよっぽど分かりやすいと思います。前にも述べたように、徳川家康はいつも自分の軍勢の先頭に「厭離浄土・欣求浄土」という旗を掲げていました。この言葉の意味は、この世は汚い、汚辱に満ちているから一心に浄土を求めようということです。俗っ気たっぷりの権力亡者、くえないタヌキオヤジというイメージの強い家康にはあまり似つかわしくないような気もしますが、家康のふるさとの三河のへんは蓮如にはじまる一向宗の勢力の強いところでした。家康も一向宗の門徒だったんだと思います。皮肉なことに家来たちも大勢一向宗門徒になって、その連中に反乱を起こされてたいへん苦労するのですが。したがって家康が「厭離浄土・欣求浄土」の旗を掲げるのは、浄土門に深く底流する現世否定への志向の自然な現われだったと思います。家康ですらそうなのですから、一遍のように現世否定のラディカリズムによって〈信〉を支えようという発想はある意味非常に分かりやすかったし、傾倒しやすかったと思います。飢えや戦乱に脅かされ続けてきた民衆にとって現世が無間地獄であり、そこを一刻も早く逃れて極楽往生を遂げたいというのはごく自然な願望だったはずだからです。みんな捨てなさい、生活を無化していこう、生きながらに死んでしまおうということですね。

平安時代の後期あたりから貴族や武士が出家遁世するケースが増えていきます。たぶんその走りといってよい慶滋保胤が書いた『日本往生極楽記』にはそうした話がいっぱい出てきます。京の町での生活を捨てて山間に庵をつくったりするわけです。でもあれちょっと怪しいと思うんですね。家来かなんかが飯とか必要なものを運んでいたんでしょう、きっと。しかし一遍の遊行念仏はもっと徹底しています。一遍の遊行念仏の問題は、先ほどちょっと触れたように社会的文脈でいえば下層民衆への浄土信仰の開放という問題を含んでくるわけだけど、とりあえず今問題にしているところでいえば、「厭離浄土・欣求浄土」という現世否定を徹底化する〈信〉のラディカリズムの表現と捉えることができます。

この一遍の分かりやすさに比べ、親鸞は、〈信〉をある種の〝現世肯定〟の立場から裏づけようとする考え方に立ちます。それが〈非僧非俗〉であり、愚禿という境地であり、さらには〈還相〉の立場ということになるわけです。その出発点に位置するのが賀古の教信です。それにしてもこうした親鸞の思考の回路は一遍に比べきわめてほんとうに分かりにくいですね。その発想の回路を理解するのはたいへん難しいことだと思います。親鸞の思想的立場の問題としてみた場合、その難しさの根源にあるのは、吉本さんの言葉でいえば越後・常陸の体験をとおして親鸞の中に宿った思想の難しさということになります。それが最終的には『歎異抄』や『末燈鈔』などにおける前人未到というべき思想的境地へとつながっていきます。またある意味では『歎異抄』と逆説的な関係にある『教行信証』の思想にもつながります。そこまでいたったときはじめて「最後の親鸞」が姿を現わします。だがその思考の回路を理解するのは本当に難しいですね。その難しさは、親鸞の死後その思想が浄土真宗（一向宗）の門徒の中でまったくといってよいほど理解されず受け継がれなかったことに現れています。

周知のように親鸞のあとには蓮如が登場し、真宗集団は教団化し大きく変貌します。蓮如はある意味、親鸞の〈信〉に対する最大の裏切者、背徳者です。ドストエフスキーの『カラマーゾフの兄弟』でいえばイエスに対する大審問官の位置に立つのが蓮如です。蓮如が敷いた路線が、江戸時代になって檀家制度となり、これで日本の仏教は宗教としての息の根を止められる。葬式仏教の始まりです。檀家という形で寺に組み込まれる。これはある意味、寺にすれば都合がいいわけです。法事のたびにお布施が入って安定した収入が得られる。この構造が確立して経済的には安定する。ある程度尊敬もされる。そうなればもう裏返しの意味で宗教である必要はない。檀家制度は戸籍制度でもあるから幕藩体制に組み込まれる。権力によって教団の存立が保証されるわけです。もうひとつ言うと、江戸時代にはいって浄土真宗は親鸞の家系である大谷家を中心とする擬似天皇制の構造をつくり上げる。その時期の浄土真宗の悲願は、大谷家に皇族を迎えることでした。それによって天皇家の縁戚につながることが出来るからです。それは明治に入って実現します。一九九九年に亡くなった東本願寺法主大谷光紹の妻は昭和天皇の皇后の妹だった。ついでですが、明治時代に宗教改革運動として出たのが在家仏教者運動だったわけですが、その中心だったのが真宗門徒ですぐれた思想家である清沢満之《きよさわまんし》や暁烏敏《あけがらすはや》[57]でした。そして富岡多恵子が『釈迢空《しゃくちょうくう》ノート』[58]で取りあげている折口信夫《おりくちしのぶ》の同性の愛人でやはり優れた宗教者としての資質の持ち主だった藤無染《ふじむせん》もまた真宗門徒でした。一方ではこうした動きもあったんです。

6. 〈還相〉とはなにか

〈非僧非俗〉、在家の問題をどうとらえるか。それが〈還相〉という概念の本質的な課題になります。『歎異抄四』にこうあります。吉本さんの訳で引用しておきましょう。

「ひとつ。慈悲ということには、聖道の慈悲と浄土の慈悲の二つがちがってくる契機がある。聖道の慈悲というのは、ものを不憫におもい、悲しみ、たすけ育ててやることである。けれども思うように助けおおせることは、きわめて稀なことである。また浄土の慈悲というのは、念仏をとなえて、いちずに仏に成って、大慈大悲心をもって思うがまま自在に、衆生をたすけ益することを意味するはずである。今生においていかに人々を愛しみ、不憫におもっても、思いのとおりに助けることは難しいから、そうかんがえる慈悲はきりなく続くほかない。そうだとすれば弥名念仏の道こそが、終りまで透徹した大慈悲心と申すべきであると、云々」(一三一〜四頁)。

聖道の慈悲とは自力、〈往相〉に属する慈悲です。目の前に悲しんでいる人や苦しんでいる人がたくさんがいる、なんとかしてひとりひとりを救っていこうという意識です。しかし〈往相〉の立場からひとりひとりを全部救いとることはとうてい不可能なわけです。吉本さんはさらにこう言います。

「わたしたちはここで、とてつもない思想につき当っている。もし、自力と〈知〉によって他者を愛しみ、他者の困難や飢餓をたすけ、他者の悲嘆を一緒に悲しもうとかんがえるかぎり、それは現世的な制約のため中途半端におわるほかない。たれも、完全に成遂することはできないからだ。

これは諦めとして語られているのではなく、実践的な帰結として云われている。そうだとすれば、この制約を超える救済の道は、現世的な〈はからい〉とおさらばして浄土を択び、仏に成って、ひとたびは現世的な制約の〈彼岸〉へ超出して、そこから逆に〈此岸〉へ還って自在に人々をたすけ益するよりほか道がない。そのためには念仏をとなえ、いそぎ成仏して、現世的なものの〈彼岸〉へゆくことをかんがえるべきである。それこそが、最後まで衆生への慈悲をつらぬきとおす透徹した道である、と…」(二一四〜五頁)。

〈還相〉の根底にあるものが単純な〝現世肯定〟の立場ではないことは明らかです。ある面からいえば、〈還相〉の立場もまた現世否定の契機に貫かれているといえるかもしれません。しかし一遍の非常にストレートな現世否定のラディカリズムとは、いったん〈彼岸〉へとむかって、その〈彼岸〉からもう一度〈此岸〉=現実の側へと還ってくるというその一点において異なっているのです。逆にいえばそこに〈還相〉の本質が現れています。〈還相〉とは文字通り還ってくること、いって戻ってくることなのです。では「戻ってくる」とはどういうことか。ここが一番難しいと同時に核心的なところです。

たとえばある個人が思い立って、自分は自分の力でもって目の前の気の毒な人たちを助けるんだと言ったとしても、それは中途半端に終るしかない。これをさらに拡張してゆくと、いかなる政治革命、社会革命によってもこの世界を究極的に救済することはできないんだという問題になります。そこでは救済の手をこぼれ落ちるものが絶対に残ってしまう。革命であれ、教化・啓蒙であれ、そうしたやり方で人々を救おうとするとき、その救いには必ずほころびというか破れ目が伴なってしまう、それは変質といってもいいかもしれない。ともかくどこまでいっても残余の部分が残ってしまって救済の行き止まりはないということになります。つまり組織的・制度的なものへと帰結していくような革命や変革という運動のあり方は、かりにそれがもっとも成功した形であったにしても、百人のうち九十九人は救えたとしても必ず一人は残ってしまう。これは集団的なもの、社会的なものと個的なものとのねじれという問題につながります。社会的なものの側から、個々人すべてを救いとろうとするやり方には、必ずある種のねじれが残らざるをえない。親鸞風に言うならば、自力による救済は、どこまで進んでいっても必ずこの世界に〝煩悩〟を残す、ということだと思うんです。〝煩悩〟は必ず残っていく。〝煩悩〟というのは、社会的なものと個的なもの、集団的なものと個的なもののねじれや矛盾であり、吉本さんのことばで言えば全体と個の逆立・矛盾の問題であり、これも吉本風にいえば、この世界には必然的に「疎外」や「異和」がつきまとうという問題です。人間が何らか集団を構成し、そこに社会的なものが存在するかぎりは、そうした「疎外」「異和」が必ず構造的に残ってしまうのです[59]。

もっと言えば〝煩悩〟は〝悪〟といってもいい。つまりこの世界、現世において、〝煩悩〟〝悪〟を断ち切ることは不可能なわけです。善の予定調和的な実現などありえない。そうだとすれば救済といっても、その成就のためには全く違う発想が求められることになります。〝煩悩〟をなくす、〝悪〟をなくすというかたちでの救済はありえないと腹をくくるしかない。むしろ〝煩悩〟や〝悪〟が存在するという事実、事態それ自体をまるごと救いとるようなかたちでの救済しかありえない。それは、〝煩悩〟〝悪〟がそこに存在するという事実そのものを「浄土」へと、救済へと直結させる契機として読み替えてゆく他はないということです。そしてその読み換えを可能にしてくれるものが〈還相〉の視点なのです。

ぼくの考えでいうと、親鸞の〈還相〉にはちょっと言い方が悪いんですが、一種のトリックが含まれています。そもそも本来の用法での〈還相〉は、すでに触れたようにいったん成仏した人間がもう一度現世へ戻ってきて衆生を救う（還相回向）ということですが、親鸞の思想的立場からすると「浄土」が存在するかどうかは分からない、阿弥陀仏だって分からない、というよりあらかじめ浄土や阿弥陀仏が存在し、そこに向かって極楽往生し成仏するなどと考えてはならない、ということになるわけだから、一度成仏した人間が還ってくるというのは虚構でしかない。じつは親鸞の〈還相〉は本質的には現世内部の論理だと考えたほうがいいと思います。つまり〈還相〉は、無間地獄としての、〝煩悩〟〝悪〟に満ち満ちた世界としてのこの世の内部に「浄土」という救いに向かうための一個の距り、超越論的差異を生み出す思想的虚構に他ならないということです。

そうだからこそ親鸞の立場は一見するとあるがままに現世を肯定するかのように現れてくる。妻帯してもよし、子どもをつくってもよし、魚鳥獣の肉を食らってもよし、そのために殺生してもかまわない、そうした諸々の〝煩悩〟、〝悪〟を含む現世の世界の構造そのものを構造としてまるごと救いとっていくというかたちの〈信〉のあり方、ここにきて初めて親鸞の中で、〈理〉による〈信〉の根拠づけの枠組みが最終的に消滅するのです。そこへと至る道を指し示すのが〈還相〉の視点です。こうした親鸞の思想的回路を理解するのはほんとうに難しいですね。『歎異抄』の中に「善人なおもて往生をとぐ、いわんや悪人をや[60]」という有名な言葉がありますが、この言葉はともすれば、悪人のほうが善人より往生しやすいんだ、悪人であることが往生の動因になるんだという「悪人正機説」として理解されがちです。しかし親鸞が考えていたのはまったく違うことでした。ここでいう「善人」とは〈往相〉にのみ依拠している人間を意味します。いい換えれば自力を恃《たの》む人間のことです。それに対して「悪人」とは〈還相〉の対象となる人間、いい換えれば自力に頼ることの出来ない人間を意味します。より踏み込んで言えばそのことを自覚し〈還相〉の立場に立とうとする人間といってもよいでしょう。こうした〝煩悩〟や〝悪〟をまるごと肯定するという形で、〈還相〉の眼でもって救いとっていくという親鸞の考え方は、「悪人正機説」に見られるように信徒たちにもなかなか理解されない。自分の子どもである善鸞にさえ理解されない。悪を犯すことによって浄土へ行けるんだというふうに「悪人正機説」として誤解される。

法然も、しばしば起こる他力説への誤解については戒めを書いていますが、法然はあくまで教理の立場で、つまり法然が聖職者、〈信〉の指導者であるという立場から教説にのっとった形で戒めを行うわけです。「他宗派と争うな」とか「他力とは何もしなくていいのではないのだ」と、ある種の戒律のしばりを通して信徒の堕落を押しとどめようとした。そういう形で戒めたわけです。しかし親鸞は違います。戒めすらをも〈理〉として捨ててしまうわけです。残るのは〈還相〉の目だけです。

7．あらゆる因果論の否定

悪を犯せば犯すほど浄土が近くなるという考え方が親鸞の考えの理解の仕方から出てくるのはある意味で必然であるという側面もあります。親鸞はもうすでに戒律に頼るという発想を捨てているからです。だから親鸞が「悪人生機説」の誤解を戒めるとするならば、法然のような形では不可能です。その先に見えてくるのが親鸞の思想の極北的な場であるとぼくは考えますが、それは次のようになります。悪を犯せば犯すほど浄土が近くなるというのは因果論である。善を積めば積むほど「浄土」が近くなるというのが自力的因果論であるとするなら、悪を犯せば犯すほど「浄土」が近くなるというのも裏返しの因果論でしかない。両方とも〈信〉を何らかの因果関係の中で捉えようとしている点で同じです。親鸞が考えたのは〈信〉の因果論そのものが否定されなければならないということです。

あらゆる因果論を否定するという考え方は、善悪の区別をも否定をするということです。善と悪、正と邪といった区別ですね、この区別に由来する二元論が存在する限り宗教は残るわけです。善の側に立ち悪を排除するという閉じた倫理が出来上がるからです。そして善の側に立つことが救いの要因になるのだという因果論がそこから生じます。「悪人正機説」はちょうどその反対に位置するわけです。

『歎異抄』を読んでいくと、最終的に親鸞は、そうした善悪二元論、あるいは二元論に由来するような原因と結果、言い換えれば信仰という原因と功徳《くどく》という結果、効用を因果論的に結びつけようとする考え方というものをも徹底的に解体していくさまが看てとれます。それを一番よく表わしているのが『歎異抄二』です。ふたたび吉本さんの私訳で引用します。

「ひとつ。皆さんが、それぞれ十余ケ国の境を越えて、じぶんの命のことなどかまわずに尋ねて来られた御志は、ただただ往生して極楽浄土にゆくための法道をただし、聞こうとしてのことである。それなのに「念仏より他に往生の道をわたしが知っており、また、それについて経典のたぐいを知っているだろう」と心にきめておられるとすれば、大へんな間違いである。もしそういうことなら、南都・北嶺にも優れた学者がたくさんおられることだから、それらの人々にでも会われて、往生のかなめについて、くわしく聞かれるのがよい」（三七頁）。

こうした親鸞の考えはきわめて理解されにくいと思います。親鸞の息子の善鸞が、常陸で親鸞の代理人として布教するわけだけど、その際に「わたしは父から秘密の教えを継承されている。それはわたしだけが知っている秘儀口伝《くでん》のようなものである」というような言い方をして布教するわけですね。これは親鸞の教えを捻じ曲げたとされるわけだけど、ある面やむをえない部分もあったと思うんです。秘儀口伝というようなかたちをとらない限り宗教としてのありがた味が出てこない。今でも善光寺や浅草の浅草寺の「秘仏」というと何となくありがた味があるでしょう。それと同じことで、秘儀口伝があるというのは宗教としては布教上の強みになります。なかなか思うように布教がいかない中で、善鸞がそういう形で行おうとしたのはやむをえない面もあったという気がします。土俗的宗教性との妥協ですね。おそらく当時の常陸には、アミニズムとか自然宗教に由来するような土俗的宗教性がまだ色濃く残っていたはずです。ちなみに善鸞は後に、はふり、つまり巫女の男版である巫覡《ふげき》、シャーマンになったという言い伝えが残っています。あるいは善鸞にそういう資質があったのかもしれない。

では親鸞は何を語っていたのか？『歎異抄二』の続きを読みます。

「親鸞にとっては「ただ念仏をとなえて、弥陀の本願によって救われるようにしなさい」と優れた先達から云われて、それを信ずるほかに、かくべつの理屈があるわけではありません。念仏はほんとうに浄土へ生れる種子であるのだろうか、また地獄に堕ちるような業であるのだろうか、そういうことは与り知らないことです」(同前)。

つまり、念仏を唱えたから浄土へ往けるなどという保証はないわけです。念仏を唱えるともしかしたら地獄へ堕ちるかもしれない、しかしそんなことはわたしには分からない、自分は先達から念仏を唱えなさいといわれてただただ唱えているだけである。こうなると、「浄土」も「念仏」も〈信〉の根拠としては否定されるという途方もない事態になります。そして次の言葉が決定的だと思います。

「かりに法然上人にだまされて、念仏を申して地獄に堕ちたとしても、すこしも後悔する気はありません。なぜならば、念仏以外の修業をはげんで仏になれるはずのものが、念仏を申して地獄に堕ちでもしたのなら「だまされてしまって」という後悔もあるかもしれないが、どういう修業も全うすることができそうもないわが身であるから、どうかんがえても地獄は所せん住家にきまっています。弥陀の本願が真実であるならば、釈迦の説教も嘘いつわりであるはずがありません。仏説がまことならば、善導の御釈義も虚言をのべているのではないでしょう。善導の御釈義が真実ならば、法然の云われたことが、そらごとであろうはずがありません」（三七～八頁）。

善導というのは専修念仏の始祖のひとりです。法然が親鸞の直接の師であることはいうまでもありません。

「法然のおおせられたことがまことならば、親鸞の申し上げる意趣もまた、虚しいことであるはずがないと云えましょうか。結局のところ、愚かなわたしの信心では、そう思議するほかありません」（同前）。

だから親鸞の〈信〉は決して客観的に保証されているわけではないのです。自分はこう思っているんだ、こう信じたんだといっているだけです。たとえ信じた結果として地獄へ往こうとそれはいっこうかまわない。次にさらに決定的ともいえる言葉が出てきます。

「このうえは、念仏をえらびとり信じ申すのも、また棄ててしまわれるのも、皆さまの心にまかせるほかありません、と云々」（同前）。

これが有名な「面々の御計《おんはからい》」です。吉本さんは次のようにいっています。「〈念仏〉が浄土へゆくよすがになるのか、地獄へ堕ちる種子かは、わが計《はから》いに属さないと云うとき、如来への絶対帰依が語られていると同時に、親鸞自身の思想にとっては、〈浄土〉と〈念仏〉との因果律を絶ちきって、ある不定な構造に転化していることを意味している。（……）さらに解体の〈契機〉を深化してゆけば、「この上は念仏をとりて信じたてまつらんともまた棄てんとも面々の御計《おんはからひ》なりと、云々」（『歎異抄』二）のように、〈念仏〉という浄土真宗の精髄を、信ずるか否かも、心のままであるという徹底した視点があらわれてくる。これは、すくなくとも宗派人（党派人）としての親鸞の、自己放棄を意味する言葉である」（五一頁）。ここで吉本さんが描いてみせているのは、〈信〉の証しとしての念仏と浄土の因果関係からも、さらには〈信〉を軸に形成される共同性としての宗派からも徹底的に解放されてしまっている「一人《いちにん》が為」という親鸞の境地です。それとともに、吉本さんがずっと考え続けてきた、「関係の絶対性」と「観念の絶対性」のはざまに立ちつつあらゆる「観念」（往相）の党派性を解体し尽すという課題にとっての極北的な到達点も同時に現れているといってよいでしょう。

8. 〝内戦の思想〟の問題

親鸞の時代と吉本隆明の時代をつなげて考えてみると、吉本さんが『最後の親鸞』を書いていた時期（一九七〇年代）は、連合赤軍問題から革共同両派の内ゲバへと続く時代だったことが想い起こされます。党派の宗派化が進み、それが無限に繰り返される殺戮につながっていったあの陰惨極まりない時代です。考えてみると、吉本さんが『最後の親鸞』を書いた時代的なモティーフというのは、本質的な意味で内ゲバを止揚するためには党派性というものを根源的に解体＝止揚しなければいけないということだったのではないかという気がします。

同じ問題が親鸞の時代にもあった。「承元の法難」もある種の内ゲバです。仏教内部の内ゲバに権力が介入する形で起きた弾圧だった。内ゲバの問題はさらに普遍化すれば内戦の問題となります。内ゲバって別の言い方をすれば内戦なんですね。そしてあらゆる戦争暴力の根源にあるのがこの内ゲバ＝内戦です。人間がある共同性を形成してそこに帰属するとき、そこには必ず矛盾や対立が発生します。そして共同性がそうした矛盾や対立を抑え込もうとすると、今度は権力や支配が生まれます。そしてそれが新たな矛盾や対立を生み出すのです。この共同性と矛盾・対立の循環こそが内戦、戦争の起源に他なりません。しかもそこにはこうした状況に対して個人の善意や能動的な意志、決断などがまったく無力でしかないという問題が伴っています。いかなる意味でも個人の存在は共同性との和解・宥和に至りえないということです。

親鸞の生きた時代は、源平の戦いから始まり、鎌倉幕府内部における内訌と頼家・実朝と二代にわたる将軍暗殺、そして承久の乱へといたる内戦期だった。あの時期、内戦と飢餓や天災が同時に進行するという日本の歴史史上最悪の状況が続きます。親鸞はそういう中で思想形成しているわけです。同じ時代には西行や鴨長明もいた。西行は周知のように出家遁世へと向かいました。吉本さんが『西行論』で言っているように、西行の出家には院政期に起きた鳥羽院と崇徳上皇の対立、つまり「内ゲバ」の問題がからんでいたはずです。この対立が内戦の始まりである保元の乱を引き起こします。『方丈記』の作者である鴨長明も慶滋保胤に影響を受けて出家した人物です。『方丈記』に現れている一種の厭世観もまた内戦期の問題と結びついていたと思います。そう考えるとき、親鸞の思想もまたある意味では〝内戦の思想〟といえるのではないでしょうか。あの時代の京の町は、死体をまたがずには歩けなかったといわれています。日本の歴史上類をみないほど多数の飢饉と内戦による死者が出た時期だった。死が誰に対しても否応なく迫ってくる状況にあった。親鸞にはそういう時代背景があったわけです。それは人間の生の究極的な不条理さといえるかもしれません。

吉本さんに戻れば、七二年の連合赤軍による大量粛清とその後の革共同両派の内ゲバの中で多くの死者が出ます。これは日本の左翼の歴史の中で一番暗い記憶なわけです。連合赤軍事件の直後、谷川雁についての講演だったかで吉本さんは「戦争が露出してきた」と言っています[61]。戦争の露出は同時に死の露出を意味します。そういう状況認識と『最後の親鸞』は、一見遠いように見えてじつは深く関わっているんじゃないかと思うんです。今回『最後の親鸞』を読み直しながらそう感じました。〝内戦の思想〟と〝内ゲバの思想〟の問題がここでは対応してるんじゃないかということです。その背後に党派性の問題が潜んでいることはいうまでもありません。

9.〈還相〉としての自立

『最後の親鸞のノート』の中で、吉本さんはこういうふうに言っています。

「ぼくは、自立だ、なんでも自分でやっちまえというふうに考えているんです。つまりもっとそれを抽象化してしまうと、政治であれ文化であれ、生活そのものであれ、少しでも他に依存するかぎり駄目なんじゃないかという考えが徹底してあります。だからどんなことでも自分の目の前につきあたったことがあるなら、自分でやっちゃわなければ駄目だ。それで自分でできないことは他人ができると思ってもいけないし、またどんな問題についても、自分がなしうること、あるいは考えることが限度であって、それしかこの世界にはないんだという概念である。そうすると、それは徹底的な自力主義であって、自力で到達できないものはこの世にはないと思わなくてはいけない。もちろんそのことは観念の問題ですから、もっと優れたことを考えることは実際的にはたくさんあるでしょうけど、それはないとしなければならない。だから自分にこの世を変える力もなにもないとすれば、それは誰にもないんだと思わなければいけない。かりにあっても、そう思わなければいけないと、ぼくは考えて生きているんです」。

これは吉本さんの自立思想の核心だと思います。じゃあそれが親鸞の他力思想とどう関わるのか。「そうしますと、親鸞の思想と全く反対じゃないかとなっちゃいます。つまり卑俗にいいますと、阿弥陀仏でも称名でもいいですが、それに全部預ければいいんだ、それ以外のことは人間にはできないんだ。親鸞の思想は、そういう概念だと思います。それならば、何がゆえにそんなにまで徹底して本願力に自分の精神を預けることができるのか。そうなってくると条件があると思います。その条件は、前にもいいましたように、人間というのは、ここのところで壊れる、こういう問いのところ、こういう問題のところでは壊れてしまうぞ、その問いに対して人間的に答えようとすると、嘘をつかないとできないはずだぞ、そういう個所をこじ開けて全部をあずけるものをつくっていくと思うんです。そこでは自力の崩壊点といいましょうか、そういう問題点が出てくるように思うんです。つまり自力の概念がつきあたる壁みたいなものがあって、壁のところで問いを発すれば、自力とか自立が壊れてしまうかもしれないというところがある。それで壊れてしまったときに全部預けるかということなんです。壊れる極限で全部預けたら駄目で、もし預けるならば、はじめから預けたほうがいいんです。ただ、そういう壁のところで出てくる矛盾が、絶対に全部を預けちゃうんだというところにいく。『歎異抄』の過程と一致する点といいましょうか。共鳴する点みたいなものがあるように思うんです。だけどみかけ上は反対のことを考えているんじゃないかと思うんです[62]」。

こうしたところだと思うんですね、この本が吉本さんの思想にとって最後の場所、極北の場所としての意味を持つのは。自立に向かってのぼりつめる過程はそれ自体としては〈往相〉にすぎないということ、その先にさらに〈還相〉としての自立があるはずだということが一番重要な点だと思います。〈還相〉としての自立は、一見すると自立の崩壊として現れるはずです。

10.「関係の絶対性」と非知

この問題は、前に「自己意識の欺瞞[63]」という論文の中でも書いたのですが、この問題は親鸞の場合、「面々の御計」の問題になると思います。「面々の御計」というのはある種の相対性です。あるいは観念の恣意性といってもいい。観念それ自体は絶対的に恣意的なものでしかないということを示しているのが「面々の御計」という言葉です。そして観念の恣意性の認識には、個々人の存在が全面的に相対的なものでしかないという認識が対応します。ところが相対性を相対性というかたちでいってしまって問題は終りというわけにはゆきません。そこには二つの問題が存在します。

一つは、観念も、それに対応する人間も相対的なものだといって、それをそのまま無媒介に肯定するということは相対性を絶対化することになるという問題です。じつはそれは、本質的には相対性を裏切っていることになる。つまり相対性の無媒介な肯定は相対性の絶対化、実体化にしかならないんじゃないかということです。それが本当の意味で相対性や恣意性の認識といえるのかどうか、それはむしろある種の欺瞞というか問題からの逃避しか意味していないんじゃないか、という疑問がそこで浮上してくるはずです。

もう一つの問題は、相対性を絶対化、実体化しようとするとき、相対性そのものにある種の破れ目が現れる瞬間があるということです。それは相対性に対して関係という契機が触れ合ってくる瞬間だと思います。このとき相対性に破れ目が生じるのですが、それは、「マチウ書試論」[64]の言い方を借りれば、個々人の抱く「観念の絶対性」の世界に対して「関係の絶対性」が訪れてくる瞬間、それが実感される瞬間に、相対性を絶対化しようとする志向が破れてしまう、崩壊してしまうということだと思います。たとえば親鸞が越後に配流されて、越後であるいは常陸で民衆の生活に触れたときというのは、親鸞にとって法然の専修念仏の教義に触れて形成された「観念の絶対性」の世界に、そうしたものが無力でしかない「関係の絶対性」の世界が触れてくる瞬間だったと思うんです。「関係の絶対性」に触れた瞬間、親鸞の中で観念の絶対性の世界、あるいはそれを支えている相対性の絶対化の世界は崩れてしまったのではないか。それが観念の恣意性が破れるということの意味です。

これもまた吉本さんが『共同幻想論』で使っている例にしたがえば、この崩壊は、鴎外の『半日』が描いている妻との本質的な違和の世界、あるいは漱石における妻、嫂との三角関係から考えてみることが出来ると思います[65]。「関係の絶対性」と「観念の恣意性」がいちばん激しくぶつかりあうのは、性愛関係を軸とする家庭の世界、つまり対幻想的世界が現実の関係に対してねじれた形でしか現れてこない世界だと思います。それは絶対的な関係の異和をもたらします。そこでは「関係の絶対性」は関係の異和として現れます。たとえば夫が「妻がもう少し自分のことを配慮してくれれば関係がうまくいくんだがなぁ」と考え、妻のほうも妻のほうで「夫がもう少し優しければ万事うまくいくのに」と考えているとすれば、それ自体は観念の恣意性、つまり相対性にすぎません。しかしふたりのあいだでそれが齟齬やもどかしさとして認識されるようになる瞬間、そこには「観念の恣意性」を超えて異和としての「関係の絶対性」が現れるのです。この「関係の絶対性」の前では「自分はこう考える・こう感じている」と内心でおもっていることは全部相対性として無力になってしまう。そんなものはあぶくみたいなものに過ぎなくなってしまう。それは、「我思うがゆえに我あり」という公準がくずれちゃう瞬間ですね。「関係の絶対性」の前ではむしろ「我思うがゆえに我なし」になるのです。こうした考え方はたしかラカンのなかにもあったと思いますが、ラカンの場合、それが現れてくるのは、自我と大文字の他者のあいだで成立するエディプス的な「関係の絶対性」が主体に介入して主体が引き裂かれてしまう場面です。その結果主体は永遠に充足され得ない欠如体となります。別な言い方をすれば、主体はたえず大文字の他者の介入とそこから生じる外傷にさらされ続ける分裂をはらんだ存在になるということです。ようするに主体が引き裂かれることなんです、「関係の絶対性」が個人に対して訪れる瞬間というのは。

　このことは、『心的現象論』の文脈でいえば、人間が根源的には「異和」「原生的疎外」を自分の内側に抱えこんだ存在であることを意味しています。少し強引に親鸞へ話しを戻すと、異和を抱えこんだ存在であることを自覚することが親鸞のいう〈非僧非俗〉の境地、つまり〈往相〉から〈還相〉へと視軸を移すことの意味だと思います。異和が意識をもたらす。そして意識が上向する〈往相〉の過程では異和を消される。だが自分が異和の所産だということを意識すれば意識のあり方が根本から変わります。『最後の親鸞』の中で吉本さんが取りあげている親鸞の〈横超〉という言葉はそういうことを意味していると思います。それについては後ほど詳しく触れたいと思っています。いずれにせよ意識は、自分の起源が異和であること、そして異和が起源であることによって意識は最終的には自らを否定すべきものだということを上向としての〈往相〉の過程で忘れてしまいます。ようするに異和を消し去ってしまう。〈還相〉とはそれをもう一回思い出せということです。だからこそ非知に向かう。それが〈還相〉の過程の意味になります。

＊

この本の冒頭に有名な一節があります。

「〈知識〉にとって最後の課題は、頂きを極め、その頂きに人々を誘って蒙をひらくことではない。頂きを極め、その頂きから世界を見おろすことでもない。頂きを極め、そのまま寂かに〈非知〉に向って着地することができればというのが、おおよそ、どんな種類の〈知〉にとっても最後の課題である」（二五頁）。

この本のモティーフを一言で要約しているのはこの一節だと思います。では〈非知〉とはなにか。それは単純に「無知」ということでも、「世俗」への回帰ということでもありません。パラドクシカルな言い方になりますが〈非知〉自体が極めて自覚的な意識の立場、思想の立場でなければならないのです。

吉本さんは最初、教理上の親鸞には関心がないと言い切っていました。『教行信証』には本物の親鸞はいないということです。ところが五年後の増補版には「教理上の親鸞」が加わります。この意味は大きいと思います。吉本さんの中で親鸞像が事実上修正されたんだと思います。『最後の親鸞』という概念を彷彿させるためには、教理上の親鸞が必要であるという視点に至ったということです。そうすると〈理と信〉の関係も微妙に変わると思います。さっき読んだ個所の理解もそのことを勘定に入れて理解する必要が出てきます。

注

(47)『歎異抄』㈠ 以下『歎異抄』の原文の引用は『日本古典文学体系』第八十二巻「親鸞集・日蓮集」岩波書店 一九六四年 一九二頁による。
(48) フランチェスコについては、J・J・ヨルゲンセン『アシジの聖フランチェスコ』平凡社ライブラリー 一九九七年を参照
(49)『愚管抄』岩波文庫 一九四九年
(50) 第一章の註一五を参照
(51) トーマス・マン『ドイツとドイツ人』（青木順三訳）岩波文庫 一九九〇年 参照
(52) マックス・ウェーバー『プロテスタンティズムの倫理と資本主義の精神』（大塚久雄訳）一九八九年 参照
(53) パウロ「ローマ人への手紙」（新約聖書）を参照 なお「ローマ人への手紙」についてはカール・バルト『ロマ書講解』（小川圭治他訳）平凡社ライブラリー 二〇〇一年 参照
(54) 賀古の教信については『日本往生極楽記』に記されている。

(55)　海音寺潮五郎『蒙古来る』文春文庫（上下巻）二〇〇〇年
(56)　長谷川伸では『相楽総三とその同志』中公文庫（上下巻）一九八一年を、子母澤寛では、小説なら『父子鷹』講談社文庫新装版（上下巻）二〇〇六年だが、なんといっても『新撰組始末記』中公文庫 一九九六年を薦めたい。
(57)　清沢満之『清沢満之全集』全九巻 岩波書店 二〇〇二〜三年　暁烏敏『歎異抄講話』講談社学術文庫 一九八一年　清沢満之については今村仁司『清沢満之と哲学』岩波書店 二〇〇四年 参照
(58)　富岡多恵子『釈迢空ノート』岩波書店 二〇〇〇年
(59)　吉本隆明『心的現象論』文化科学高等研究院出版局 二〇〇九年 参照
(60)　『日本古典文学体系』版 一九四頁
(61)　『知の岸辺』弓立社 一九七六年に収録
(62)　「最後の親鸞ノート」は、『最後の親鸞』増補版に付録として挟まれている。
(63)　「『最後の親鸞』における吉本隆明の事後的思考」立教経済学研究第五七巻第三号 二〇〇四年
(64)　『藝術的抵抗と挫折』未來社 一九五八年 所収　『マチウ書試論／転向論』講談社文芸文庫 一九九〇年
なお続刊の拙著『吉本隆明と共同幻想』を参照していただければ幸いである。
(65)　『共同幻想論』河出書房新社 一九六八年 のなかの「対幻想論」参照

第3章　『最後の親鸞』という場所――〈信〉という空隙

1．吉本隆明の親鸞観の転回

今回あらためてこの本を読み直してみて、『最後の親鸞』の七六年初版と八一年増補版との間に、吉本さんの中で親鸞のとらえ方をめぐって大きな転回というか転換が生じたことに気がつきました。具体的に言いますと、増補版では最後に「教理上の親鸞」という章が付け加えられています。約七〇ページあまりにも及ぶ全体で一番長い章です。したがって増補版は「最後の親鸞」「和讃」「ある親鸞」「親鸞伝説」、そして「教理上の親鸞」と五つの章から構成されていることになります。そして新たに加わった「教理上の親鸞」によって、吉本さんの親鸞観の中にかなり根底的な転回が起こったと考えることが出来ると思います。吉本さんは初版の段階ではおそらく、冒頭の「最後の親鸞」という章だけでも構わない、ここに自分の親鸞像の本質が全部出ていると考えていたのではないかと思います。ところが増補版ではそこに「教理上の親鸞」が加わった。なぜ初版から増補版への過程の中でそうした転回が起こったのか。

前回は「最後の親鸞」の議論を中心にお話をしたわけですけれども、〝非僧非俗〟、〝愚禿〟という立場、いい換えれば〈還相〉の境地に立ち、あらゆる宗教上の教理、教説、あるいはそれによって支えられる広義の意味における宗派性、つまり教団という組織の形をとった宗教的な党派性が最終的に解体してゆく〝場〟を追い求めていたのが「最後の親鸞」でした。ようするに「宗教」が最終的に解体され止揚されてゆくプロセスを、親鸞という一人の宗教者、一人の思想家を通して浮かび上がらせようとしたいというのが「最後の親鸞」の基本的なモティーフだったということです。

そうすると端的にいって、「最後の親鸞」における吉本さんの親鸞観の中では、〝教理上の親鸞〟という視点はなかったはずだと思うんですね。いや、むしろ〝教理上の親鸞〟という視点に対立する形で、それを批判し、否定をする形で出されてきたのが「最後の親鸞」であったといってよいと思います。もっと端的な言い方をすれば、『教行信証』の親鸞はいらないというのが「最後の親鸞」の立場ということになるのではないか。『教行信証』における親鸞というのは親鸞の余計な部分である。そこには本当の意味での親鸞の思想はない。そういう視点に立って書かれたのが「最後の親鸞」であったと思うんです。

ところがその吉本さんが六年後に出した増補版の中で、今度は『教行信証』に展開されている、「教義」という側面から見られた親鸞に光を当てようとした。これはなぜなのか。『教行信証』における親鸞というのは本当の親鸞ではない、親鸞の中の余計な部分であってそんなものはそぎ落としてしまって構わないというふうに考えていたはずの吉本さんがなぜ六年後、「教理上の親鸞」という文章によって、あらためて『教行信証』における親鸞を問い直そうとしたのか。これが今日のテーマでもあるし、最終的にこの『最後の親鸞』という本をどう読むかというところで残っていた課題だと思うんです。

それを明らかにするのは正直言いますと非常に難しい。まずぼくの古文の読解力だと『教行信証』はとてもじゃないけど読み通せません。昔ぼくはけっこう早熟なほうで、高校二年生のときに岩波文庫の『教行信証』を買ったんですね、ちょうどその頃仏教美術にも関心があったので、それとの関連で文庫になっている仏典を結構いろいろ読んでいたんです。『般若心経』は注釈付きで読んだら割に面白かった。それから『歎異抄』も一応読みました。ちゃんと読もうとすればとこれも相当難しいんだけれども。他に『世界の名著』のなかの現代語訳の仏典も読んだ記憶があります。しかし『教行信証』だけは全然歯が立たなかった。今回これをやるのにあたってあらためてと読み直そうとしたけど、やはり本当に歯が立たない。この『教行信証』という本の難しさというのは何だろうか、あらためて考えざるを得なかった。

法然の『選択本願念仏集』もそうですし、さらに言えば、前々回のときにちょっと触れた、日本における浄土信仰の創始者である恵心僧都源信が著した『往生要集』もそうですけれども、日本の浄土門の教理というか、教義というのは基本的にオリジナリティには依存していないんですね。たとえば『歎異抄』や『末燈鈔』のような親鸞の聞書きや書簡を集めたものは親鸞自身の言葉として読めるわけです。親鸞自身の表現というか、表白としてその内容を読み取ることができる。しかし浄土門における教説というのはほとんど祖述という形で、つまり過去の教典を抜き書きして、これを整理し祖述し、そしてそこに注釈を加えるという形で展開されています。恵心僧都にしても、法然にしても、『教行信証』の親鸞にしても、決して自分の思想を主張しようとしているわけではないのです。客観的にいえば、それはほとんどそれまであった浄土門に関連する教典の、極端にいえば抜粋集みたいなものなんですね。それでは、親鸞なら親鸞の思想、あるいは法然なら法然の思想はどこにあるかというと、その抜粋の仕方、組み合わせ方、それから所々に残されている注釈の言葉といったようなところに非常にネガな形で組み込まれている。これを読み取るのがすごく難しい。

それは基本的には祖述の問題といってもいいと思います。恵心僧都が『往生要集』を書いたのは一〇世紀ですが、それから二〇〇年以上後のほとんど晩年といってよい親鸞によって『教行信証』は書かれました。もちろんそれまで長い期間かかって少しずつ書き溜められていったのだと思います。また書き直しや修正もたえず行われていたと思います。『教行信証』はそうした親鸞の生涯の集大成的な仕事というわけですけれども、吉本さんはこの親鸞における『教行信証』という著作、著述というのは決して表立った仕事ではなかったと言っています。先ほども述べたように、実践的宗教者としての親鸞というのは、〝非僧非俗〟〝愚禿〟という、「僧にあらず俗にあらず」という、あらゆる宗派的教理というもの、宗派性、教理性というものを否定する一実践者として、称名念仏の実践者としてのみいた。おそらく親鸞が生きているあいだは親鸞の宗教者としての評価や影響は、親鸞の肉声が聞こえる範囲以上の広がりはまだ持っていなかっただろうと思います。ある意味では極めて目立たない存在だった。しかも「僧にあらず俗にあらず」という、固定された立場といったものを一切否定したところで実践を行っていた親鸞が、『教行信証』を書くとき、それは称名念仏を唱える実践的宗教者としての自分の立場を根拠づけるというか、あるいは教理上の裏付けであるとか、そういうふうな形でおそらく書いたのではないだろう、というふうに吉本さんは考えていたように思うんです。

だから『教行信証』という著作が、どういうふうな意味合いで、どういうふうな位置づけをもって晩年の親鸞の中でまとめられていったのかは非常に分かりにくいという気がします。そして同時に、その分かりにくさ、その位置の分かりにくさというのは、先ほど言ったこととも絡みますけれども、『教行信証』そのものの難しさ、分かりにくさというところにもつながってゆく。繰り返しになりますが、そこでは何か積極的な主張というものが行われているわけではないということです。何か教理上の主張であるとか、教理上の理論づけであるとか、そうしたものを積極的に行うためにこの『教行信証』が書かれているわけではない。そこのところがこの本の理解の難しさというところにもなるし、同時に『教行信証』の内容は、いわばネガティヴな位相といったらいいのか、ポジティヴな形で理解されるものではなくて、むしろ「〜ではない」という形で、ネガティヴな契機の重ね合わせの上にしか理解できないような性格を持ったものであると思います。そこのところに吉本さんは非常に強く触発されている。そこを掘り起こさなければならないと思います。それはいわば凹面の思想とでもいうべきものだということです。

つまり吉本さんは、親鸞の教理というのは具体的にどういうものだったのかということを解きほぐすという意味で、この教理上の親鸞、『教行信証』の親鸞を論じたわけではないということです。もちろんそういうふうにも読めます。『教行信証』というのはどういう著作だったのかということの吉本さんなりの読みというものをここで示しているという読み方をすることもできるわけだけれども、一番根本的で重要な点というのは、いっさいのオリジナリティであるとか、ポジティヴな主張であるとか、立場性であるとか、理論性であるとか、そうしたものを否定しようとしたところで際立っている、またそうでありつつ逆説的に極めて堅固な論理によって貫かれているこの『教行信証』という本の特異な性格というものを、「最後の親鸞」によってつかみ取った親鸞像と付き合わせてみて、そこから何が見えてくるかというのが、この「教理上の親鸞」という論文で吉本さんがやりたかったことだろうというふうに思うんです。

2．親鸞の和讃にみる情緒性との距離感

そこで、一つ補助線を引きたいと思います。『最後の親鸞』の中に、「最後の親鸞」の章に続いて「和讃」という章があります。和讃というのは、仏や菩薩を讃えるために大和言葉で歌われた一種の讃歌です。ぼくは知らなかったんだけど、梵讃とか漢讃という言葉もあるのだそうですね。梵讃というのは、サンスクリットで仏を讃えた讃歌のことです。梵讃の〝梵〟は、サンスクリットを意味する〝梵字〟の〝梵〟ですね。漢讃は中国語で書かれた仏の讃歌のことで、それに対して和讃というのは大和言葉で書かれた讃歌です。

これも吉本さんが「和讃」の中で書いていますが、和讃というのは、基本的には歌謡なわけです。そうすると、和讃というのはある種の情緒性と結びつくことになると思います。歌謡なわけですから。それは、酔っ払ってカラオケで八代亜紀の「舟唄」かなんか歌ってるときの気分を想い起こせばよく分かると思います。吉本さんがこの「和讃」の章の中で一遍の系統の和讃を引いていますが、

実際それは同時代の今様の歌集である『梁塵秘抄《りょうじんひしょう》』だとか、後に編纂された『閑吟集《かんぎんしゅう》』(66)といったものと非常によく似た極めて歌謡的な性格の強いものです。ところが親鸞の残した和讃は、どうもそういう一般的な意味における情緒性と結びつくような歌謡とは異質な性格を持っているように見えます。にもかかわらず和讃である以上、親鸞のそれも歌謡ではあるわけです。これはある意味謎というか矛盾といってよいでしょう。和讃は、当時の民衆に対して称名念仏、浄土信仰というものを伝えていく布教の手段という性格が強かった。そういう意味では、和讃が親鸞によっても数多く書かれたこと、作られたこと自体は別に謎でも何でもない。もし謎があり得るとすれば、なぜ親鸞の和讃が同時代の他の宗門の和讃が持っているような歌謡的情緒性とずれてしまったのかということです。

和讃はちょっともの悲しいようなメロディで歌われたようです。いろは歌のメロディに雅楽の「越天楽《えてんらく》」のメロディが使われていますが、あんな感じだったんだろうと思います。多分そういうのが江戸時代あたりになってくると、追分だとか牛追歌なんかのメロディになっていったんだろうと思うのですけれども、親鸞の和讃もそういうメロディをつけて歌われていたことは確かだと思います。ただ歌詞が違う。一遍たちの和讃というのは、たとえば

「人は男女に別れども　赤白二つに分たれて　生ずるときもただひとり　死するやみ路に人もなし」「昨日みし人けふはなし　けふみる人もあすはあらじ　あすとはしらぬ我なれど　けふはひとこそかなしけれ」(七二頁)

というように非常に情緒的なわけですね。これに対して親鸞の和讃というのは

「往相・還相の廻向に　まうあはぬ身となりにせば　流転輪廻もきはもなし　苦海の沈輪いかゞせん」（九二頁）

とあまり情緒的ではありません。「往相・還相」なんていう抽象的な言葉が突然ぱっとでてくる。

「弥陀大悲の誓願を　深く信ぜんひとはみな　ねてもさめてもへだてなく　南無阿弥陀仏をとなふべし」（九二〜三頁）

これなんかは割合分かりやすいほうだけど、やはり言葉に情緒のにおいがしないんですね、さっきの一遍の「悲しけれ」のような。

多分こういう親鸞の和讃の特異な性格と、先ほど言った『教行信証』の特異性というものの間に、ある種の共通性というか、通底するものがあったんじゃないかとぼくは思うんです。じゃあその通底するものというのは何なのか。それはある種の情緒的な世界に対する親鸞の距離の取り方に由来するのではないか。「和讃」の章に次のような文章があります。少し長いですが全部読んでみたいと思います。

「親鸞の思想にもともと哀傷はない。かれは『大経』のいう現世の「五悪」の世界を、〈あはれ〉とも厭離すべき穢土ともみなさなかった。むしろ衆俗がしているのとおなじように、ひき受けて生きるべき糧にほかならなかった。現世を汚穢に充ちた世界とみなし、すこしでもはやく浄土を欣求すべきだとするのは、当代の〈僧〉と〈俗〉とに通底した理念であり、親鸞がけっしてとらなかったところである。〈非僧〉、〈非俗〉が親鸞の境涯であった。いきおい親鸞の和讃は、中世的な流行の〈あはれ〉や〈ほのか〉な救済の微光を唄うべき根拠をもたなかった。「善機の念仏するをば決定往生とおもひ、悪人の念仏するをば往生不定とうたがふ、本願の規模こゝに失し、自身の悪機たることを知らざるなる」(『口伝鈔』四)というのが、かれの実践的な理路がたどりついたところであった。〈非僧〉、〈非俗〉というのは、はじめはかれの越後配流生活が強いた生きざまだったろうが、この生きざまから逆に思想としての〈非僧〉、〈非俗〉を導きだしたのは、親鸞の独力の思想的営為である。そのために、かれがはじめにやったのは、弥陀の「五劫思惟の本題」が人間の存在の仕方を根こそぎ転倒するのだ、というように『大経』を読みかえることであった。そうだとすれば、すすんで悪をつくることは、かえって往生の正機を獲ることではないか。こういう誘惑は、のちに親鸞教の内部におこったが、親鸞は、すすんで悪をつくるところには、必然的に自力が働くがゆえに、本願他力の意趣にそむくものとして卻けている。まだ疑義はおこりうる。親鸞のいうのが正しいとすれば、「五悪」に充ちた現世は、人間存在の仕方のネガティヴな受容器にすぎないのではないか。たしかにそうだが、そのために人間はただ不可避的な契機のみを生きなければならない。そこにだけ、浄土へ超出する正機がひそんでいる。こういう親鸞の現世観に、〈あはれ〉や〈はかなさ〉や〈ほのか〉な象徴があらわれるはずがなかったのである。

また、曇鸞の『浄土論註』は、親鸞がもっとも影響をうけた著作のひとつだったが、すでにそこから、親鸞は透徹した生死の概念を自得していた。その水準でいえば、人間の生死の無常が、感性的な〈あはれ〉や〈はかなさ〉や〈ほのか〉によって把握されることはありえなかった(『浄土論註』引用略)。

すでに生死の問題は、曇鸞では、現世三界を超出したところに根拠がおかれた。親鸞は、その決定的な影響下に人間の生死の意味を組みかえたといいうる。これは、念々の時間がすでに往生の決定するところだという云い方をとっても、現世における人間の存在はただ、たまたまおかれた場所的契機の表出にほかならないという云い方をとっても、おなじことであった」（六二〜五頁）。

ここで吉本さんが言っている「不可避的な契機」は、前に触れた『マチウ書試論』の言葉を使えば「関係の絶対性」の問題になります。そして重要なのは、すでに述べたように「関係の絶対性」の前では恣意性としての「観念の絶対性」はすべて相対化されるということです。「不可避的な契機」の前では、観念の恣意性はすべてとるにたらぬものとして相対化されざるをえないということです。〈あはれ〉や〈無常〉というような言葉に象徴される現世否定（厭離穢土）の姿勢も、もしそれが「関係の絶対性」を勘定に入れない主観的な情緒にとどまるならばこうした観念の恣意性の現われにすぎなくなります。また善悪という観念をあらかじめ設定し、それにしたがって救済の成否を決定しようとする因果論的な発想もまた観念の恣意性の現われにすぎないということになります。

親鸞はこうした恣意性としての「観念の絶対性」を「関係の絶対性」としての「不可避的な契機」を通して否定したのでした。『歎異抄』に、親鸞が筆者である唯圓に向かって、「自分の言葉を信じるか」と問い、唯圓が「そうです」と答えると、親鸞がさらに、「それなら、ひとを千人殺してくれないか、そうすれば往生は間違いないぞ」という場面があります。唯圓が「おおせではありますが私の器量ではひと一人殺すこともできません」と答えると、親鸞は「それではなぜ私の言葉に背かないなどといったのかね」といい、次のように続けます。ここだけは原文を引いておきましょう。

「なにごとも、こゝろにまかせたることなら、往生のために千人ころせといはんに、すなはちころすべし。しかれども、一人にてもかなひぬべき業縁なきによりて、害せざるなり。わが心のよくて、ころさぬにはあらっず。また、害せじとおもうふとも、百人・千人をころすこともあるべし[67]」。

　ここには親鸞の極北的な思想が凝縮されています。おそらくここで親鸞がこうした比喩を使った背景には戦乱や飢餓でひとがたやすく死んでゆく当時の時代状況があったのだと思います。だから親鸞の使った比喩は決して荒唐無稽なものではなく、むしろ日々起こっていたことと考えたほうがよいと思います。実際同じような戦乱の時代だったドイツ農民戦争のさなかにルターは領主諸侯に向かって、「農民たちを殺せ、それが神の命令だ」という意味の手紙を送っています[68]。しかしこの戦慄すべき残忍さの要因をルター個人の資質に還元するのは無意味です。本質的なのは「業縁」、すなわち「関係の絶対性」なのですから。それがあればたとえ心の中で、つまり観念の恣意性の中でどう考えていようともたやすく百人、千人殺してしまうだろうし、それがなければたとえ残忍極まりない人間でもひと一人殺せないのです。だから善悪という要因によって殺したり殺さなかったりするわけではないのです。こういう言葉は慈悲のおもいを抱きながら殺戮を繰り返す武人や、生活のために魚鳥獣を狩らねばならない衆生の心に深く響いたと思います。と同時にそれを、一遍系の和讃に現れているような「あはれ」や「儚さ」に向かう情緒を超えて理解することは非常に難しかったろうと思います。

　誤解がないようにつけ加えておけば、「関係の絶対性」の認識は絶対性として現れる関係を無条件に肯定することではありません。観念の恣意性の根源にある「観念の絶対性」と「関係の絶対性」のあいだに存在するいかんともしがたい隔たり、裂け目をしっかり認識しなさいということです。これはまさしく思想そのものに他なりません。そしてそれが思想である所以は、そこにそれまで未知であった反省的な思考の回路が現れているからです。この反省的思考の回路が親鸞を情緒から隔てたのだと思います。ただしこの反省的思考の回路はきわめて特異なものですが。

3．鎌倉時代の思想的側面

(1) 正統性の弁証

ここで少し角度を変えて鎌倉時代という時代を思想史的な側面から見てみたいと思います。すると鎌倉時代の思想が相互に関係しあうふたつの傾向に支配されていたという事実が浮かび上がってきます。

一つは、一般に名分論というふうな言い方がされる思想傾向です。「名分」というのは一言でいえば正統性のことですね。自分が正統な立場である、自分には正統性があるんだということを証明しようとするのが名分論です。この名分論は一般にある種の歴史意識と結びついて出てきます。ずっと歴史の流れをたどってゆく中で、自分の立場こそがこの歴史の流れの中で名分ある立場、つまり正統性を担う立場なんだと主張する。歴史の現在というのはまだ評価が定まらない混乱や対立の渦の中にあります。その中から名分、正統性を導き出すとすれば、すでに形や評価がある程度定まった過去に根拠を求める他ないわけですね。したがって名分論は歴史観の問題になってゆきます。

鎌倉時代にはさまざまな歴史書が登場しています。歴史書は平安時代にもすでに幾つかありました。平安時代前期まで続いた『日本書紀』以来の国による公式の歴史、いわゆる「六国史」と呼ばれる正史はもちろんですし、他にも『大鏡』や『増鏡』、さらには藤原氏の歴史である『栄花物語』などがあります。とはいえ「六国史」にしても『増鏡』『大鏡』にしても、歴史観という問題はまだ強く意識されてはいないように思います。ところが鎌倉時代に入ってくると、名分論との関係の中で極めて自覚的な歴史観というか、歴史意識が芽生えてきます。それは、歴史における正統性がどこにあるのかを弁証するという意味での弁証論、つまり歴史弁証論として現れてきます。その一番代表的な例が、親鸞出家の際の導師だった慈円の『愚管抄』です。『愚管抄』は、日本の歴史書の中で最初に、明確な歴史意識というか、歴史的な因果性、あるいは正統性というものを意識しながら書かれた本だと思います。後の南北朝時代に北畠親房によって書かれた、南朝を正統化しようとする『神皇正統記』(69)や、逆に北朝を正統化しようとする『梅松論』(70)、江戸時代になって水戸光圀がはじめた『大日本史』などに現れている名分論、すなわち正統性史観の起点に位置するのが『愚管抄』です。慈円は歴史における正統性の根拠を「道理」と呼んでいますが、『愚管抄』はまさに「道理」によりながら自分の立てる名分――慈円は具体的には頼朝による武家支配を正統とみなしています――、すなわち正統性を弁証するという、言葉のもともとの意味でのディアレクティク(dialektik)を、神武以来の天皇の系譜から説き起こして展開しています。そういう発想が鎌倉時代になって初めて日本の歴史の中で登場してきたのです。

もうちょっと普遍化した形で考えてみれば、さっき親鸞に関して言ったこととも絡むわけですけれども、鎌倉時代というのは、おそらく日本人が主観性のひとつの形、すなわち反省的な主観性というものを最初に自覚した時代であったと思います。否応なくそういうものを自覚させられた時代であったということです。

なぜそういう自覚が登場してきたのか。これは鎌倉時代という時代が、それまでの律令制の古代王朝の崩壊とともに成立をした、つまり武士階級という新しい階級によって国家の根本的なつくり替えが行われた時代であったからだと思います。古代王朝の崩壊から武家政権の成立の過程の間には、源平の合戦という非常に厳しい戦乱の時代がはさまっています。さらには武家支配の最終的な確立の要因となった承久の乱では最高権力者であり、それまでの正統性の頂点に位置していた後鳥羽院が武士たちによって隠岐へ流されるという事態まで起きます。それはまさに正統性の劇的な交替に他なりませんでした。これもすでに触れたことですが、この時期は戦乱に加えて日本の歴史の中でも未曾有の大飢饉の時代だった。兵糧が調達できなくて源平の合戦が一時中断されるというような事態も起きています。さらに大地震などの天災も重なります。この時期は、そうした戦乱と飢饉、天災、そしてそれまでの正統性の崩壊といった事態が立て続けに起こった一種の「例外状態」――いうまでもなく古い秩序が解体し法が停止される革命状況を表すカール・シュミットの言葉です――だったといってよいと思います。[71] ようするに非常に苦難に満ちた状況、そして古い正統性が没落下にもかかわらず新しい正統性がまだ確立されない状況であった。そうした苦難をかいくぐって初めて鎌倉時代という時代が成立したわけです。この苦難の核心にあったのが戦乱、大量の死、古い秩序の崩壊だったことはいうまでもありません。そうした意味でぼくは、鎌倉という時代を

〝戦後〟として捉えることができると思うんです。つまり、鎌倉時代というのは戦後期であるということです。

そうした〝戦後〟としての鎌倉時代に生まれた思想が〝戦後の思想〟となることもまた必然的です。源平の合戦の結果を踏まえていえば、たんに古い体制が崩壊したというだけに留まらず、古い古代王朝に替わって武家政権が権力を掌握するわけだけれども、武力でもって政権を獲得したからといってそれがただちに政権としての正統性につながるというふうには必ずしもいかない。だから新しい体制が成立したとき、当然にも新しい体制の持つ正統性の弁証というものがどうしても必要になってくる。これが、〝戦後の思想〟としての鎌倉思想の本質的な性格だったのではないかと思うんです。

この新たな正統性の形成のプロセスというものが、古代から中世へという時代の転換を促す大きな要因にもなっています。さらにいえば、正統性の弁証、つまり名分論の作業プロセスはさまざまな形で歴史に関わるわけですから、歴史を形づくっている過去への関心も強まってきます。歌人として名高い三代将軍源実朝が、『古今集』や『万葉集』をわざわざ京から取り寄せて学んだことなどもそうした関心の現われだったと思います。

⑵ 古代復興と反省的主観性の登場

こうした過去への関心、志向の現われとして、正統性の弁証と結びついた歴史意識の問題とも関連するわけですけれども、鎌倉時代が古代復興の時代としての性格を顕著に持っていることが挙げられます。古代復興というのはようするに「ルネサンス」のことです。日本のルネサンスというと昔から室町時代ないしは安土・桃山時代と相場が決まっていますが、ぼくはむしろ鎌倉時代が日本のルネサンスだったと思うんです。鎌倉時代こそが古代復興の時代だったということです。

親鸞との関連でいうと、鎌倉時代というのは〝聖徳太子信仰〟が流行した時代です。聖徳太子という、すでに死後まもない頃から神格化されてきた日本の古代の聖人、ヒーローが鎌倉時代に太子信仰を通してよみがえるわけです。その結果、庶民層にまでいたる猛烈な太子信仰の流行という現象が起こる。親鸞が浄土信仰へ入るきっかけになった京都の六角堂はそうした太子信仰の拠点のひとつでした。

もう一つあげておきたいのが善光寺の阿弥陀三尊信仰です。第一章で触れましたが、信州善光寺の本尊阿弥陀三尊像には、百済の聖明王が献上した日本最古の仏像であるという伝説があります。残念ながら現在は絶対秘仏になっていて誰も見ることできないので、直接確かめることは出来ませんが。ところが鎌倉時代に善光寺式阿弥陀三尊像が数多く造られているんです。その頃はあるいは見ることが出来たのかもしれませんね。その鎌倉時代に制作された善光寺式阿弥陀三尊像ですが、たいへん興味深いことに法隆寺金堂の釈迦三尊像や夢殿の救世観音と同じ飛鳥時代の北魏様式にならって造られているんです。ということはもとの善光寺の本尊は飛鳥仏だったのではないかと考えられます。聖明王の献上仏そのものかどうかは分かりませんが、鎌倉時代の善光寺式阿弥陀三尊像の形から見て、少なくとも飛鳥時代の北魏様式の仏像であろうと思われます。その模造である善光寺式阿弥陀三尊像が鎌倉時代にいっぱい造られ、今でも日本のいろいろなところに残されています。

しかも面白いことにそれらはほとんどすべて金銅仏《こんどうぶつ》なんですね。奈良時代が終わって平安時代以降になると金銅仏はほとんど造られていません。ほぼすべての仏像が木造仏になります。ところが鎌倉時代に造られた善光寺式阿弥陀三尊像だけは金銅で造られている。金銅で造られるということは、ようするに飛鳥、白鳳、天平の時代の造仏法が復興したことを意味します。つまりこれも古代復興なんです。

そう考えてみると、正統性の弁証の重要な手段となったのが古代復興だったのではないかということになります。つまり自分たちの歴史のなかの位置とか、自分たちの使う言葉の選択とかにおいて、古代というものがその正統性、正しさの根拠とされるということです。つまり現在を古代のパラフレーズ（paraphrase）として位置づけることに、自分たちの正統性、存在根拠の弁証の根拠を求めてゆこうとするのです。こういう意識が鎌倉時代に初めて登場したのではないか。じつはここから歴史の逆説が浮上してきます。

たとえば西欧の場合、古代復興としてのルネサンスから近代が始まります。古代復興から逆説的に近代が始まるということです。一八世紀のドイツでも同じようなことがありました。ヴィンケルマンの『ギリシア芸術模倣論』[72]によって当時のドイツでは古代ギリシア崇拝が熱狂的な形で流行しますが、結果的にいうとこのギリシア崇拝がドイツにおける近代精神の始まりとなります。そのモニュメントがゲーテとシラーに代表されるワイマール古典文化でした。同じ事情が日本の鎌倉時代にも存在していたように思えるんです。古代へ帰るということは、単純に古代をさかのぼるということだけを意味しているわけではない。そこから逆説的な形で〝近代意識〟というべきものが生まれてくるんです。ではこの〝近代意識〟というのは何か。それは、自分たちの存在をあるがままに肯定することが出来ないという意識です。自分の存在を根拠づけ正統化するためには、自分たちの存在の外部に超越論的な形で参照点を求める必要があると意識することだといってもいい。裏返していえば、そうした正統性の根拠、参照点と現にある自分の存在との距離の意識、〝隔たり〟の意識ということでもあります。それは、主体の自己存在の内部にある種の分裂が生じているということを意味します。すなわち「あるべき」自己と「現にある」自己との分裂です。古代復興はこの分裂のなかで、「あるべき」自己の根拠を古代に求めるところから生まれます。ようするに古代復興によってふたつの自己の隔たりを埋めようとするわけです。しかしそう考えれば考えるほど、自己存在の内部に分裂が生じているという事実はいっそう露わになります。

吉本さんの『心的現象論』の言葉を使えば、この隔たりは自己内部の「異和」ということになります。つまり「異和」の意識です。「異和」によって自己のなかに分裂が生じる。その結果、自分自身のアイデンティティというものをあるがままの自分の無媒介な肯定の中に求めることが出来なくなる。そこでいったんあるがままの自分を否定し、自分の外側に自分の根拠、参照点を立てたうえで、いわば鏡に映し出すように、その外部にある根拠、参照点に向かって自分を投影する。そこに映し出される自分が「あるべき」自己になるわけです。これによって「異和」を解消しようとする。自分の存在の正統性を弁証しようとするといってもいいでしょう。自己の外部への媒介によって自分の内部のアイデンティティを確立しようとする、このような込み入った自己の存在証明、正統性の弁証のしかた、それはまさに弁証法、ディアレクティクなわけですけれども、そういう自分自身のアイデンティティの内部に同一性と非同一性の媒介的関係というものを設けざるを得ないという意識が芽生えてきたのが鎌倉時代だったと思います。この媒介関係はふつう哲学の用語では「反省」と呼ばれます。

そうすると思想なり言葉というのはそこでどういうふうになってゆくのか。おそらく自分の外部にある正統性の根拠、参照点（たとえば「古代」）、言い換えれば、超越的に自分を保証してくれるものに対して、いったん自分自身の存在を否定するかたちで寄り添ってゆくというスタイルをとることになるはずです。少なくとも自分を積極的に打ち出し主張するというふうにはならないはずです。前にいった言い方ですと、思想や言葉は存在の凸面ではなく凹面に宿ることになります。凹面としての思想、凹面としての言葉がそこから生まれます。具体的にいえば、思想も言葉もパラフレーズ（伝承と反復）、解釈、祖述、注釈（コンメンタール kommmentar）などの形態のなかへと埋め込まれてゆきます。これもぼくたちのなじみの言葉でいい換えれば、それは「批評」ということになるだろうと思います。そして「批評」と「反省」は近代意識のなかで密接に関係しあっています。

さらにいえばこれが前に言及した歴史意識の起源にもなります。古代の意味もそれと結びついていることはいうまでもありません。歴史というのは複数の異なる現在が時間的にずっと続いていることじゃないですね。歴史というのは、過去と現在の間の距離の意識というもの、過去から現在に向かってどういうふうに時間が流れ、その間にどういうふうな経緯というか、どのようなつながりというか、媒介というか、そういうものがあったのかということを自覚することによってはじめて可能となるのです。そうしたことを問題として意識することなしには歴史は成立しなかった。

さっきも言ったように、鎌倉時代というのはそういう意味での過去と現在の隔たりというものを意識し、かつその隔たりのなかにおいて過去から現在を正統化するという意識の生まれた時代でした。同時にそれは、逆説的な言い方になりますが、現在というものが非常に強く、それ自体として固有のものとして意識されるようになったことも意味します。隔たりが、のっぺりしたあるがままの時間の連続に切れ目、非連続性を導き入れ、それによって「ここ─今」、「今ここにいる私」という存在の現在性というものに対する強い自覚を同時に促すからです。それがルネサンスと近代性、モダニティの関係にもなるわけです。「モダン」という言葉はもともと過去に対する「新しい今」を意味する言葉でした。そして「反省」や「批評」の意識がこの「モダン」の核心を形づくります。後ほどあらためて触れますがこのことと親鸞の思想には深い関連があると思います。

4. 世界は空無である

鎌倉時代にはもう一つの傾向が存在しました。正統性を求めてゆくことの前提に戦乱や飢饉があったとさっき話しましたけれども、そこからもう一方で出てきたのが空無の意識です。空無というか、もっと端的に言えば「この世はむなしい」という意識です。むなしいというよりも吉本さんの言葉で言えば、〝儚さ、あわれ〟という言葉で表わされている意識です。ただそれははじめ情緒というか感情の次元にとどまっていました。さっきの一遍系の和讃にも出てきたけれども、昨日いた私が明日もいるとは保証されていないという寄るべなさの感覚です。そこには、儚さというか、今ここにいる私、あるいはあなた、彼、彼女の存在が次の瞬間には消えていってしまうかもしれない、それらすべてが定まった存在などではありえず、絶えず流転しながら消滅していくような存在でしかないという意識が伴います。自らの存在を支える確固とした根拠はないという意識、というより情緒、感情です。ようするにこの世界は究極的には空無であるという情緒的な意識です。これが明瞭な意識、さらには思想になるためにはさらに「無常」という言葉が必要でした。そのあたりのことは、ちょっと古くなりますが、唐木順三の『無用者の系譜』と『無常』という著作に優れた考察があります[73]。

ちょっと余談になりますけど、こうした空無の意識は日本だけのものではありません。二〇世紀オランダの優れた歴史家ヨハン・ホイジンガ（正しくはフイジンハ）に『中世の秋[74]』という名著があります。一四、五世紀頃のフランスのブルゴーニュ公国の歴史を扱った本ですが、そこでは日本の院政期さながらに、爛熟の極みのなかから現れてくる虚しさの意識、現世否定の意識が、死のイメージとともに描かれています。その象徴が、中世末からルネサンスにかけて絵画や文学作品にしばしば出てくる、髑髏に手を置いて思考する人間（賢者）のイメージと結びついた「メメント・モリ（死をおもえ）」であり、生命の華やぎの絶頂にある若く美しい女性や権力の頂点に位置する政治家や聖職者たちが骸骨と踊る「ダンス・マカーブル（死の舞踏）」です。それはほんとんど厭離穢土の意識と紙一重といっていいでしょう。その背景にあったのがペスト（黒死病）の流行による大量死だったことはいうまでもありません。このペストの流行で当時のヨーロッパの人口が三分の一以上減少したといわれています。これも、日本において空無、無常の意識の背景に戦乱や飢饉があっ

ウィレム・ファン・アールスト「静物」

たのとよく似ています。もうひとつ例を挙げておきましょう。今度の舞台は、「中世の秋」よりやや下って一七世紀のフランドル地方、ブルゴーニュとも境を接するオランダやベルギーのある地方です。この頃この地方を中心に、テーブルの上の花やいろいろな静物を描いた絵が数多く描かれます。

こんな絵です。これはウィレム・ファン・アールストという、レンブラントやフェルメールなどとほとんど同時代のオランダの画家が描いた静物画です。一見するとこうした静物画は対象を忠実に再現したリアリズム絵画のように見えます。つまり、ただテーブルの上に置かれた花瓶とその花瓶に生けられた花を描写しているというふうに考えられがちなんですけれども、じつはこれは寓意画なんですね。では何が寓意されているのか。ラテン語で「ヴァニタス」、つまり「ヴァニティ(vanity)」、「空虚」です。この世の虚しさの寓意としてこの絵は描かれているんです。画面に現れているのは一見すると今を盛りと咲き誇る花なのですが、よく見ると下部のほうに、もうすでにしおれて枯れかけている花があります。つまり咲き誇る花のいのちにもう死が忍びよりつつあるのです。それによってヴァニティが寓意されているんです。

ではこのヴァニティはどこから来ているか。その直接の起源となっているのが旧約聖書のなかの

「伝道の書」です。古代イスラエル王国の祖ダヴィデ王の息子ソロモンによって書かれたとされるこの「伝道の書」は旧約聖書のなかでも、「雅歌」と並んで異色な巻です。吉本さん風にいえば、だいたいが迫害のなかでつちかわれた陰惨なコンプレクスやその裏返しとしての苛烈な復讐感情に彩られている新旧約聖書のなかで、「伝道の書」と「雅歌」だけは人間の自然な感情の流露があり、読んでいて解放感を味わうことが出来ます。そしてこのふたつの部分を組み合わせると先ほどの「死の舞踏」やフランドルの静物画の意味が浮かび上がってきます。「雅歌」は若い恋人たちの熱烈な性愛讃歌です。ときに淫らなほど直截な性愛への讃美がつづられています。そこには若さの極みにある肉体と生命の輝きが現れています。一方「伝道の書」でうたわれているのは「生の虚しさ」です。次の句が「伝道の書」でもっとも名高い箇所です。「伝道者は言う、空の空、空の空、いっさいは空である。日の下で人が労するすべての労苦は、その身になんの益があるか。世は去り、世はきたる」。この、一切は空であるという「伝道の書」の認識と、「雅歌」の若い生命の讃美を結びつけると、花にしのびよる死の影、あるいは若い美女と踊る骸骨のイメージになるでしょう。ついでにいえば「伝道の書」も「雅歌」も詩の形式で書かれています。古代ですから詩はそのまま歌謡につながります。つまり「伝道の書」と「雅歌」は旧約聖書の中の和讃みたいなものだということです。その情緒性を通して性愛の形をとった生命への讃美とその裏返しとしての生の虚しさが表現されているのです。このあたりにフランドルの静物画の寓意の起源があるのだと思います。そして一七世紀のヨーロッパ人たちがヴァニティの問題を非常に強く意識したのは、たぶん一六一八年から一六四八年にかけて三〇年間続いたいわゆる三十年戦争のせいです。この戦乱の舞台になったドイツでは、諸説がありますが、戦争が続いた三十年間に人口が三分の二以下になったといわれています。まさに戦乱ですね。ヨーロッパの場合もそうだし、日本の場合もそうだけど、戦乱こそは人間の存在の儚さ、虚しさというものを非常に強く人々に意識をさせる契機になります。

一方において自分たちの存在の正統性を弁証しようとする意識が高まってゆくと同時に、その裏側にはつねに空無の意識が情緒的なかたちをとって張りついている。そして前者が『愚管抄』のような歴史意識を核に持つ論理的言語によって表現されていたとすれば、後者の情緒性は歌謡的な世界を通して表現されてゆく。情緒として〝儚さ〟や、〝あわれ〟の起源には末法思想やそこから導かれた浄土信仰における厭離穢土の意識、「無常」思想への萌芽が含まれているわけですが、平安末の院政期から鎌倉時代にかけてそうした情緒的なものと結びついていたのは、何といっても歌謡の世界でした。それはちょうど旧訳聖書の「伝道の書」と「雅歌」の世界に対応しています。

後白河院が編纂したといわれている今様の歌集『梁塵秘抄』がその典型であったことはすでに述べました。そこに表現されている〝儚さ、あわれ〟というものの情緒性が歌謡の世界の本質ということになります。それがもう少し浄土信仰の側へと近づけば、和讃の世界になります。

ともあれ鎌倉時代の思想史的、精神史的空間においては、正統性を弁証しようとする名分論と歴史意識が結びつくことによって誕生した新しい反省的主観性の形と、自分の存在の〝儚さ〟、〝あわれ〟というものを情緒的に受けとめる中世歌謡的な世界が、いわば表裏一体となっていたということです。そのことは、たとえば一遍系の和讃を考えてみればわかります。法然によって始まる、いわゆる称名念仏、専修念仏の考え方というのは、基本的にはこの世界におけるひとりひとりの存在の虚しさ、空無さ、つまり〝僇さ〟、〝あわれ〟というものを究極までつきつめていって、虚しく僇くあわれな存在である平凡な民衆、庶民というものが、自力で菩薩になり如来になるということはそもそも不可能であるという洞察に達します。ようするに自力による修行に耐えうるような主体もはや不可能であるということです。存在するのは空無な主体、というより空無な非主体でしかないのです。

これが末法思想の問題とつながっていたことはいうまでもありません。末法という歴史意識にもとづいて、自力修行による救いが今の世では不可能である、だからもはや弥陀の慈悲にすがる他はない。すがるための専修念仏、称名念仏、これしか救いの道はないんだという認識に達した。その背後には、繰り返しになりますけれども、ヴァニティ、空無さというものを情緒的な世界の中に投影していく中世歌謡の世界との近似性というものが強く存在したのではないかというふうに思うわけです。それの一つの証明が和讃になります。

聖徳太子信仰も、じつは和讃の流行と結びついているんです。鎌倉期に成立した和讃の中で非常に多いのは太子に対する礼讃です。だから太子信仰と和讃の流行というのは深い関連があると考えてよいと思います。

5. 親鸞の特異性――正統性の弁証もなく歌謡の情緒的世界もない

そういうなかにもう一回親鸞を置いてみると、もうお分かりだと思うんですけど、親鸞の特異性というのが非常にはっきり浮かび上がってくるんですね。

親鸞の思想ももちろん、今言った鎌倉時代という〝戦後〟の時代の思想だったと思うんです。そしてこの〝戦後〟としての鎌倉時代を規定づけていたのは二つの大きな要素、すなわち自覚的な歴史意識や反省的主観性に結びついてゆく正統性の弁証としての名分論と、末法思想や浄土信仰に根ざし、現象的には歌謡（今様や和讃）の情緒性に彩られた空無の意識、つまり「儚さ」や「あはれ」への志向でした。前者が『愚管抄』などの歴史書に現れていたことはすでに触れましたが、鎌倉新仏教にそくしていえばこの傾向をもっとも明確に示していたのは日蓮だったと思います。日蓮は、正統性の弁証論を彼の強烈な宗教的主観性と結びつけることによって、『立正安国論』を書いたわけですね。あの本は「わが正統性に従わぬ限りおまえたちは滅びるぞ」という一種のブラフ、当時の統治者であった幕府に対する脅迫の書です。その意味で日蓮は旧約聖書に出てくるエレミアやイザヤといった預言者にちょっと似ています。しかもほんとうにモンゴルが攻めてきちゃったわけですからね。日蓮の存在は当時そうとうに強烈だったと思います。もっとも幕府は日蓮ではなく臨済禅にその危機克服の精神的よりどころを求めた。そこには、円覚寺の創建である無学祖元に傾倒していた執権北条時宗の姿勢が影響したのかもしれません。

さて後者のほうは、すでに述べたように一遍系の和讃によってもっとも典型的なかたちで表現されています。一遍たち時宗門は、儚さや空無の意識を情緒的な面からどんどん凝縮していった。すべての現世的なものへの執着を捨てよというわけですね。家も財産も何もかもいらない、一所不住でいい、ただひたすら念仏を唱えながらあの世へ行く瞬間を待ち望むのだと。だから一遍の時宗門は遊行、つまり一所不住の遍歴・流浪と結びついて遊行念仏といわれたんですね。すでに触れたように、一遍たちの遊行念仏は当時のいわゆる被差別層とも結びついていた。クグツや遊芸にたずさわる人たちが時宗門と結びついていったわけです。彼らは好むと好まざると一所不住の困苦に満ちた生活を現世において強いられていた人々です。それだけに現世を捨て成仏を願う気持ちが非常に強かったはずです。おそらく時宗門の信徒の大部分はそういう層の人たちで、彼らが一遍たちの時宗門を支えていたろうと考えられます。そして遊行念仏は「一遍上人絵伝」に描かれているように踊ったり歌ったりしながら行われるから、情緒的な歌謡の世界とたやすく結びついていったことが想像されます。

吉本さんがこの本のなかで書いているように、一遍は「生きながらにして死ぬ」という状態、つまり儚さや空無の意識を、生きながらにして死んだ状態にまで追い込もうとする。死んだ状態は浄土に行った状態、つまり成仏した状態なのだから、生きながらにして死ぬことによって成仏した状態へと自分を追い込んでゆこうとするわけです。ただこの吉本さんの一遍の解釈は、ぼくにはやや類型的な感じがします。もうちょっと一遍には複雑な側面があるような気もするんですね。彼は西国の武門の名家河野氏の出身でした。その点ではちょっと西行に似ている気がします。いずれにせよ吉本さんの理解でいえば、一遍たち時宗門は一種の〝死なう団〟だった。生きているうちに死んじまえということです。つまり、生きているうちに成仏してしまうのが、救われるための一番手っ取り早い手だてだという発想ですね。これは情緒的であると同時にきわめて主観的です。時宗門の死への志向はある種の極限的な宗教的主観性の現れというふうにもいえると思います。

その上で再び親鸞にもどると、親鸞はどちらでもないんですね。親鸞は、正統性を求めようともしないし、和讃に象徴されるような歌謡的な情緒性に彩られた儚さや空無さの意識の世界も求めようとしない。歴史の正統性の弁証というような発想からも、情緒的な儚さや空無の意識からももっとも遠いところにいるのが親鸞だと思います。それをもっともよく象徴しているのが、前回も引いた『歎異抄』の中に出てくる「面々の御計」という言葉です。これは、個々人の信仰のありかたに対して規範的に働くような信仰と救済のあいだの因果性の否定を意味します。個々人をこうした因果性から解き放ってしまう。何が救いの根拠や手段になりうるのかという問いそのものを否定してしまうのです。何をしたら救われるかなんて知らない、信じるか信じないかだって結局は個々人の判断、すなわち「面々の御計」に委ねられるしかないんだ、と親鸞はいうわけですね。だからもう一方で情緒による熱狂や同調も拒否します。『歎異抄』の(九)に唯圓が親鸞に、いくら念仏を唱えても浄土へ参るという心躍りを一向に感じないのはどうしたことでしょうと尋ねるところがあります。これに対して親鸞は、自分もそうした不審を感じたとした上で、浄土へ向かう死がいくら無上の歓喜だということが分かっていても、人間にはこの世への執着、つまり「煩悩」があるから、死ぬことに不安や心細さを覚えるのは当然なのだ、だからこの世との縁が尽きて死が自然にやってくるのを待てばよいのだ、弥陀はそうした人間にこそ慈悲をかけてくれるはずだ、と答えます[75]。一遍との違いがここにはっきり現れています。「面々の御計」といい、この死へ向かうあるがままの自然過程の肯定といい、親鸞には、観念や情緒を通して人間をある極限的な信仰と救済の因果性のうちへと追い込むとする発想がまったくといっていいほどありません。ようするに救済の正統性（名分）の根拠の弁証も、情緒による救済への強迫も熱狂も親鸞には無縁だということです。

そうすると、親鸞の置かれている位置が、どうも先ほど設定したような、〝戦後の思想〟としての鎌倉期の思想史的、精神史的空間の枠には当てはまらなくなります、非常に特異な位置ということになる。では一体親鸞は何を考えようとしていたのか。

吉本さんに則していえば、多分そこから、正統性の弁証にも、歌謡の情緒的な世界にも頼ろうとしない親鸞の固有な立場というものが浮かび上がってくるんだと思います。そしてここで重要なのは、それが、『教行信証』に象徴される親鸞にとっての教理の世界として現れるということです。同時にそれは、凹面として現れてくる親鸞の思想のなかの領域ということになります。凹面というのは、積極的な主張を含まないということであり、さらには内容というより、気息、息づかい、体感といった、積極的な形で言表化しえないものとして現れてくるような思想のあり様といってよいと思います。それは、『歎異抄』や『末燈鈔』などと微妙というか、さらに紙一重の違いを含んでいる親鸞思想の側面ということが出来ます。それはある意味で親鸞の存在そのものから生じてくる〈信〉の消息といってもよい。

すでに述べたように『教行信証』という本は、親鸞が宗教者として、自分のオリジナルな教義を打ち出そうとして書いた本ではありません。それは基本的に、ほとんど浄土門の先行教義や経典の祖述なわけです。ようするに過去の浄土門にかかわる教典の抜粋集みたいなものです。それにところどころ親鸞の注釈が付いているだけなわけです。いわゆる「論註」です。『教行信証』の思想というものを考えるとすれば、吉本さんの、「マルコ福音書」と親鸞についてのもう一冊の本である

『論註と喩』[76]にならって、「論註の思想」と呼ぶことが出来ると思います。「祖述の思想」といってもよいかもしれない。吉本さんは「マルコ福音書」についても、基本的にはイエスの残した言動の祖述だったといっています。おそらく『教行信証』の中では、祖述と論註が表裏一体の関係にあるんだと思います。そういう形でしか語られないような思想というのが『教行信証』から読み取れる思想なんですね。率直に言って、それが何なのかを十分に語れるほどに『教行信証』を読み切れているわけではないんですけど。

ただ今言ったような問題意識から「教理上の親鸞」という章を読んでいくとき、親鸞思想の極北、最後の境位をめぐって具体的にいくつかの問題が出てきます。『教行信証』のなかでとくに浄土門の教典というか、過去の教義として踏まえられているのが、冒頭に出てくる曇鸞《どんらん》の『浄土論註』と天親の『浄土論』の二冊だと思います。曇鸞も天親も四～五世紀の人間だから、浄土関連の教典・教義のなかではもっとも古い部類に属するものです。この頃天台の教義体系から浄土門が独自な教義内容として分離し始めます。彼らはそうした分離を通して浄土門の独自な世界へと分け入っていきます。ただ浄土門の世界が確立されたからといって新しい教典や教義体系が出来上がっていったというわけではありません。曇鸞や天親たち自身が先行経典の注釈、釈義によって浄土門の教義を形成してゆくのです。つまり曇鸞の『浄土論註』や天親の『浄土論』自体もある種の注釈、論註の書だということです。このことは浄土門の思想的特質としておさえておく必要があると思います。ここに先ほど触れた古代復興において働いている過去と現在の屈折した関係の問題が結びつきます。それはある種の反省意識の問題でもあります。

いちばんはじめにも言ったように、浄土門の基本教典は『無量寿経』『観無量寿経』『阿弥陀経』ですけれども、そこに描かれている絶対他力としての弥陀の本願を回向する、つまり衆生の救いという結果へと転化する上でのもっとも重要なポイントとして曇鸞がその著作で挙げているのが「往相・還相」という言葉です、親鸞もまた『教行信証』のなかでこのふたつの言葉を取り上げています。吉本隆明がこの往相と還相という言葉を親鸞思想のかなめとして捉えていることについてはすでに一度言及しましたが、ここであらためて『教行信証』における「教理上の親鸞」という観点から、このふたつの言葉によって何が問題にされようとしているのかを考えてみたいと思います。

6. 往相――救いの因果関係の否定

まず「往相」です。「往相」というのは、浄土へと向かうプロセスのことですね。つまりいわば救済のプロセスです。

ここでまず、法然の専修念仏と、親鸞の称名念仏がほとんど重なり合いながらも、ある決定的な一点で違いをはらんでゆくという問題を、「往相」という言葉をめぐって見ておく必要があります。絶対他力としての弥陀の本願を回向しようとするとき、そこにはある種の因果性というか効用の論理が生じます。単純な言い方をすれば「善根を積めば功徳が待っている」という論理です。専修念仏は自力ではとうてい救われない衆生が弥陀の本願にすがって救われるという考え方になります。そして弥陀の本願という他力にすがる証が専修念仏ということになります。このとき、法然の専修念仏は、今触れた因果性、効用の論理である「善根を積めば功徳が待っている」という発想を、自力による難行道に代わる易行道としての絶対他力信仰、すなわちひたすら念仏を唱える専修念仏という行為の根拠にすえていたのではないか。しかもそこには、自力による難行道より易行道、つまり専修念仏のほうが救いにはより役に立つ、こっちのほうが救いにとっては有効なんだという「利」の比較の論理さえ、暗黙のうちに含まれていたのではないか。これはまさに「効用の論理」になりますが、法然の専修念仏にはそれがなかったとはいえないように思うんです。「効用の論理」である限りにおいて、専修念仏は、「～すれば、～という結果になりますよ」という因果性、つまり「念仏を唱えれば、あなたは救われますよ」という、念仏を唱えることと救いのあいだの因果関係を自らの根拠として含んでいることになります。

親鸞は、易行道、つまり絶対他力への道がそうした「効用の論理」や「因果律の論理」から捉えられようとするのを根本的に拒否します、それは、形を変えた自力に他ならないからです。つまり親鸞は、「こうすればこういう結果が出てくる」という因果性や、そこから導かれる効用というものが存在するうちはまだ自力なんだと考えるわけです。そうした因果性や効用に自分を適合させようと努力するわけですからね。つまりそれは、自ら巧んで救いの道をつくろうとする自力の道にすぎないということになります。そうした自力の要素も徹底的に解体してしまった後にはじめて現れてくるのが本当の意味での他力の道である。それが称名念仏の道だと親鸞は考えていたと思います。

因果性を否定するということは、合目的性を否定するということです。それは、さっきの問題との関連でいえば、親鸞が自らの正統性の弁証という発想を放棄してしまっていることを意味します。

つまり合目的性によって保証されるような正統性であるとか、あるいはそうした正統性を裏づけとして出てくるような効用といったものの一切合切を否定する発想というものがそこで見えてくるわけです。

そのときじつは、これが吉本さんの親鸞解釈の最大の発見だと思うんだけれども、非常に厄介な問題が出てきます。ある意味では矛盾といってもいい。それは、因果性や効用の論理を否定すると、浄土にいる阿弥陀仏と現世にいる我々、つまりひとりひとりの衆生の存在のあいだに絶対的な隔たり、つまり埋めることの不可能な隔たりが出来てしまうということです。だって、「こうすればこうなる」という因果性によるつながりから出てくる効用の論理があってはじめて「念仏を唱えれば、あなたたちは浄土へ行けますよ」という、弥陀と自分のつながり、連続性が保証されるわけですから。ここにいる私が念仏を唱えれば浄土へ行ける、浄土と私はつながっているという、ある意味浄土門における窮極的な信仰の根拠、証しは、今ここから浄土という彼岸の世界へと因果関係によって連続性が確証されてはじめて成立するはずだからです。ところが、それを親鸞は徹底的に否定するわけです。因果性なんかないと、あるいは、因果性なんかを考えてはいけないんだと親鸞はいいます。だから、念仏を唱えれば浄土に往けるというふうな思いで念仏を唱えてはいけないというふうにいうわけですよね。

そうすると弥陀にも、弥陀のいる浄土にも絶対に到達し得ない、少なくとも到達出来るという保証はどこにもないということになります。では何のために念仏を唱えるか。ところが親鸞はそもそも、「何のために念仏を唱えるのか」という問い自体も否定するわけです。そんな問いを立ててはいけない、そんな問いを立てること自体が自力の道なんだと。そうすると後に残るのは、絶対的に隔てられた、つまり絶対的に到達不能なところへ隔てられてしまった阿弥陀仏との距離のうちにある「私」、つまり救いのないこの世のなかにありのままの形でいる「私」、ありのままの現実の中にいる、ありのままの「私」だけだということになります。

この「私」は、さっきいった日蓮なんかにある強烈な主観性に彩られた「私」では絶対にないわけです。むしろそれは空無としての「私」といったほうがよいでしょう。弥陀に救われる保証もない、浄土へ行ける保証もない、何もないなかで、〃ない〃という状態へと赤裸々に投げ出されてしまっている裸形の存在としての「私」だけがそこに残されることになります。親鸞の考え方だとそうなる。これでどうやって信仰が成り立つのでしょうか。しかもこの空無を「儚さ」という情緒へと結びつける道も親鸞は否定している。

ところがそこで親鸞は、少し不謹慎な言い方になりますが、驚くべきアクロバティックな転回をやってのけます。この全く救いの見通しのない、浄土への道もない、弥陀の慈悲とのつながりも保証されないありのままの裸形の「私」がそのまま救われるべき、というより救われうる「私」であるとするのです。そこにおいてこそじつは救いが生まれる。救われたいと思ってもいけない、そう考えるのは自力でしかない。そうした自力の痕跡を全部そぎ落とさなくてはいけない、浄土に往きたいと思ってもいけないし、弥陀の慈悲にすがりたいと思ってもいけない。そうした要素を全部削ぎ落としていった涯に残る、弥陀とのつながりを否定されてしまっている、空無の極致としてのありのままの「我」、〃我なき我〃がそのまま救いそのものになるんだということです。そしてそのことの証としてなし得るのは、一切の功徳の論理を否定した上でただひたすら念仏を唱えることだけである。「ただひたすらに念仏を唱えなされ」としか親鸞はいいません。それが救いにつながるかどうかなどわからない、もしかすると地獄への道かもしれない、でもそこにしか救いは存在しないし、それだけが救いの条件だ、という恐るべきアクロバティックな論理の顛倒をやるわけです。強引につなげてしまうわけです(77)。

7．教理上の親鸞の問題

そこでさらに厄介な問題が出てきます。それは、晩年の親鸞を巻き込んだ論争というか、葛藤にもつながっていくわけだけれども、「悪人正機」の問題です。ようするに、何もいらないというないない尽くしのありのままの「我」がそのまま救われるんだということになると、この世の実相としての〝悪〟こそがもっとも救いに近いんだという「悪人正機説」で構わないんではないかという発想が必然的に出てくるということです。だとすればさらに一歩進めて、積極的に悪をなすことこそが最も救われる道だという考え方が出てきてもおかしくないわけです。さっき〝空無の世界〟という言い方をしたわけですけれども、〝空無の世界〟というのを浄土門では「五悪の世界」といいます。この世は五つの悪を含んでいるということです。つまり、〝空無な世界〟、ありのままのこの現世というのは悪の世界なわけです。善などどこにも存在しない悪そのものの世界である。そして救いはその悪のなかにありのままにいる「我」だけにしかないということならば、積極的に悪をなすほうがもっと成仏できるんじゃないか、救われることに近いんじゃないかという考え方が出てくるのはある意味で必然的です。いわゆる「造悪論」ですね。実際親鸞教団の中からそれが出てくる。ある意味でその中心になったのが息子の善鸞だった。それで親鸞は晩年、善鸞を破門するというか、義絶してしまうわけですね。因果も目的も効用もないところで、ありのままの自分に固執し続けるだけでは、それが果たして宗教なのか、信仰なのかという疑問、不審が出てくるのは避けられない。そこを埋めようとすれば、ありのままの世界や自分を「根拠」において新たな因果の論理を立てざるをえなくなる。それが「悪人正機説」になるわけです。いうまでもなく親鸞はそうした因果の論理も認めません。でも依然として根拠の不在状態、因果の不在状態は続きます。

おそらく「教理」というときそこが一番問題になるわけです。〝非僧非俗〟の問題とも絡みますけど、ありのままに生きている、自然過程をありのままに生きているという事実だけでいい、あらゆる人為的な宗教性は要らない、救いの目的もいらない、因果もいらないということになれば、まさに何が宗教なのかという問題を含めて、浄土信仰が、称名念仏が宗教という形を取ることの意味は何か、あるいは別な言い方をすれば、そこになお宗教といえる契機というものがあり得るとすればそれはいったい何なのかという問題が当然出てこなければいけない。もし親鸞のなかに教理上の問題があったとすれば、それはこの問いの中にしかなかったろうと思います。

ありのままにある自然過程の中にある人間存在というもの、見た目にはただのありふれた人間存在としてこの世にあるありのままの人間存在の位相そのものにおいて、ある種の宗教性というものが成立するというふうな形にならなければ、親鸞的な意味における宗教性は成り立たないわけです。

なんらかの因果、目的、効用によってこの世を超出しようとする普通の意味の宗教性が全部解体してしまっているわけですから。凡俗の身が自然過程の中でありのままに生きながら、なおかつありのままに生きているなかにおいて宗教性というものが成立し得るというふうにならなければならない。それは別の言い方をすれば、自然過程の中をありのままに生きている人間の内部に、つまり外側にある教団とか教会とかお寺とか、そういう外部の超越的な参照点を一切取り払ってしまって、まさに当のありのままに生きる人間、この悪の世界のなかでありのままに生きている人間存在そのものの内部に、自然過程をはみ出す形で出てくるような宗教性の契機というものが存在しなければならないはずだということです。外にある教理・教説であるとか、偉いお坊さんであるとか、そんなものは何の頼りにならないわけですから。そのままで救われるんだというときに、そこになおかつ宗教という契機が残るんだとすれば、その根拠となるのは、ありのままの自然過程そのもののなかに自然過程と宗教性への超越との分裂というか二重化が生じることになるはずです。一切の外部への超越が禁じられている以上そうなるしかないわけです。無理やりでもなんでも、この自然過程の内部そのものに距離をつくり出す、自然過程の内部に宗教性と自然過程のあいだの空隙をつくり出すようなやり方が必要になるということです。

ではこの距離とは何なのか。これが、「教理上の親鸞」のなかで吉本さんのいう〈信〉という言葉で表わされているものだと思います。この〈信〉は、外部にある弥陀を「南無阿弥陀仏」と拝むことではありません。ただあるがままの自然過程の内にある存在者として、ぶつぶつだか何だか知らないけど、とにかくひたすら念仏を唱えるということです。そうした中からしか生じてこない自然過程内部における宗教性の契機が、ここでいう〈信〉の本質になります。そうした契機だけがこの〈信〉に残されるのです。だとすれば念仏はまさに個人のあるがままの存在としての自然過程の深部から洩れ出してくる〈信〉への呼びかけの「声」、より端的にいえば息づかいのようなものといえるでしょう。それは弥陀ではなく自分自身への呼びかけになります。

　繰り返しになりますけど、この〈信〉というのは何か外側にあるものを信じるという意味ではない。これは、親鸞というよりむしろ吉本さんの思想の問題になりますが、吉本さんに、「どんなありふれた行為にも巨大な恐ろしい思想が宿り得る可能性がある」という意味の言葉があります。たとえば警官隊に向かって石ころを投げるとか、機動隊を角材で殴るとかというような行為は、それ自体はじつにとるに足らない、くだらない行為ともいえるわけです。しかしそうした行為のなかにも巨大な思想は宿り得るのだ、われわれはそういう行為のくだらなさ、とるに足らなさと巨大な思想のあいだのアンバランスというものに意識を向けるべきだということです。これは『自立の思想的拠点』に入っている「思想的弁護論」[78]のなかの言葉だったかと思います。吉本さんはそれによって、六〇年安保闘争の六・一五の闘いで逮捕された学生たちがその思想的行為を「建造物不法侵入」だとか「公務執行妨害」といった形式的な罪名で裁かれるのを批判した。つまり現存する国家の枠のなかでは、どんなに巨大な思想的裏づけを持った行為でも、その行為自体は非常につまらないかたちで、いい換えれば建造物不法侵入とか公務執行妨害とかといったかたちで断罪されてしまうということです。だとすればわれわれは、自然過程のうちにある行為と思想とのあいだの巨大なギャップというか落差というものをつねに自覚しなければならないはずです。逆にいえば、そうした自覚がない限り人間存在の自然過程のうちから生成しうる思想などありえなくなってしまいます。すべてはありふれた行為のつまらなさに還元されてしまうからです。新約聖書にある、イエスが故郷のナザレへ戻ったら、「あいつは大工のヨゼフの息子じゃないか」といわれて奇跡を行うことが出来なかったという話は、そうした自然過程内部の行為と思想のギャップを物語っているのだと思います。だからイエスは逆に「わが父とはだれか」といって自然過程に属する家族の存在を否定するのです。

同じ問題が親鸞の〈信〉の問題にも現れています。あるがままの人間のとるにたらない自然過程そのものが、〈信〉という形で現れる宗教性の表現であるというようにならなければならない。行為と思想のギャップは、ここでは自然過程の内部における自然過程自身と宗教性、〈信〉の距離、隔たりとして現れます。そうしたギャップ、隔たりのなかにしかありえない宗教性というものの成立する契機とはなにか。ここに教理上の親鸞の問題の一つのポイントがあると思います。このことは主観的にいうと、徹底的な反省の追及のはてに反省の担い手としての主観性や理性の働きまで無化し解体してしまうような、逆にいえばそのように自らを無化・解体へと追い込んでいくことの中にしか自らの意味を見出すことの出来ないような極めて逆説的かつ極限的な反省意識の生成とみなすことも出来ると思います。それはどこかカントの超越論的弁証論におけるアンチノミーに似ています[79]。

8．還相と横超

教理上の親鸞を考える上では二つの言葉が問題になります。一つは〈往相〉に対する〈還相〉ですね。自然過程のなかに〈信〉という隙間を生み出すのは〈還相〉だということになります。もし人間存在が自然過程と完全に一〇〇％同調していたら、〈信〉もへったくれもないわけで、つまり宗教性を問い直す意味もないわけですが、もしそこになおかつ宗教性が問われる契機がありうるとすれば、自然過程のなかに無理やり広げられた隙間が存在しているはずだということになります。そしてその隙間を生み出し満たしているのが〈信〉になるわけです。したがってこの〈信〉は凸面的に突出する思想ではなく、存在の自然過程の隙間、凹面のうちに宿る思想となります。

その〈信〉を可能にするものとして出てくるのが〈往相〉に対する〈還相〉という考え方だった。つまり、死んだ後に浄土に往った「私」がそこからもう一度この世に還ってくる、今ここにいるありのままの私とは、そうした浄土から還ってきた「私」としての私なんだ、という虚構に基づく考え方です。つまり浄土の側から現世を見るまなざしを持っている「私」を生み出すということです。今ここにいるありのままの私は、たしかに一個の実体としての「私」であるわけだけれども、それは同時にすでに死後の世界というか、死によって成仏した、その浄土の世界、死の世界としての浄土の世界の視点というものを持っている「私」、より正確にいえばそのようなまなざしで見ることの出来るという虚構の中の「私」でもあらねばならない。それを可能にするのが「還相」という視点です。

いったん浄土へ往くんだけれども、成仏した人間がもう一回成仏した立場のままにもう一回現世に、悪の世界に帰ってきて、人々に向けて念仏を勧めていくというのがもともとの「還相」、曇鸞の『浄土論註』に出てくる「還相」の意味です。つまり死の視点を先取りしているということ、生のさなかにある「我」が死の視点というものを先取りすることが「還相」の意味になる。そういうすでに死を先取りする「私」の視点を、生のさなかにある私というもの、つまりありのままの私というものが、自分のうちに持ち得るかどうかということが、この「信」の条件になるということです。そうするとここでひとつの疑問というか疑念が浮かび上がってきます。それは、一遍の「生きながらにして死ぬ」という現世否定の発想、「死なう団」みたいな発想とどこが違うのかという疑念です。それについて吉本さんは次のように言っています。「一遍にとっては、生を死とひとしい価値にするため、一切を放擲した生活の風体を、一挙に実現できるかどうか、その苦行と諦念と放浪に耐えられるかどうかが、浄土へ往く問題であった。これはラジカルな行為の異様さと、非凡さの像をあたえたことはたしかだった。しかし自己欺瞞も極大化されるため、ほとんど無限な自己否定を怠れば、たちまち虚偽に転落するものであった。

親鸞は死を生の延長線に、生を打切らせるものというようにかんがえなかった。死はいつも生を遠くから眺望するものであり、人間は生きながら常に死からの眺望を生に繰入れていなければならない。このとき精神が強いられる二重の領域、生きつつ死からの眺望を繰入れるという作業に含まれた視線の二重化と拡大のなかに、生と死、現世と浄土との関係があるとみた。親鸞が、曇鸞の

『浄土論註』にならって〈往相〉と〈還相〉をとくとき、ある意味で生から死の方へ生きつづけることを〈往相〉、生きつづけながら死からの眺望を獲得することが〈還相〉というように読みかえることができる。この浄土門の教理上の課題は、まさに親鸞によって抱えこまれ、そして解かれたのである。一遍のように生きながら死と同じ無一物、無執着を実行できれば、死つまり往生が実現されるとみなかった。それは浄土門の思想的な課題を放棄することだったからである」（一五三～四頁）。

還りがけの目としての〈還相〉は、「生きながらにして死ぬ」ことではない、自然過程としての生の連続性のうちに思想的な形で死という非連続性を導入し、そのことによって「死からの眺望」としての生の姿、景色を浮かび上がらせることなんだというわけです。生の内部に意識的に「死」という隔たりを生み出すということです。

そしてそのことと深く関連するのが「横超《おうちょう》」という言葉です。「横超」は「横出《おうしゅつ》」という概念とちょうど対になっています。『教行信証』の中の吉本さんの訳に従うと、

「また、横についても二種ある。ひとつには横超、ふたつには横出である。横に進んで行くもの（横出）とは、正行と雑行、定善と散善などにあたり、他力のなかの自力の菩提心である」（一七七頁）となります。

横出する、横に出てゆくというのは、これまでの言い方でいえば、他力の修行としての念仏を唱えることによって自分は救われるというふうに考えること、ようするに修行による因果、効用を認める立場です。だが親鸞の考え方だと、他力修行もする必要ないし、してはいけないわけです。他

力修行をすること自体も自力になる。

「また横に飛び超えるもの〈横超〉とは、これこそ如来の誓いの力によって恵みとして与えられた信楽であって、これを仏になろうと願う心〈願作仏心〉という。この仏になろうと願う心は、すなわち横に跳び超える、大きな菩提心である。これを「横超の金剛心」と名づけるのである」(同前)。

横超というとき、はじめて先ほど言った〈還相〉の持っている、現に生きている私の立場において、既に死の視点というものを先取りするということの具体的な意味が見えてくるわけです。現にある私は、いかなる因果論的な文脈によっても浄土や弥陀に結びついているわけではない、結びつけられているわけではない。ということは、すでにそこに弥陀の巨大な慈悲というものが存在するということではないか、何も説明は必要ない、そこに〝ある〟ということにおいて弥陀は既に私を救っていると考えればよい、ということです。「ある」ことと弥陀の救いがそのまま重ね合わされるのです。このあたりは本当にいわく言い難いというところなんですけど、ようするに弥陀はすでに「そこ」にいるわけです。だがそれは〈往相〉を因果論的に理解する過程のなかで確かめられるわけではない。現に〝私がいる〟ということと〝弥陀がいる〟ということがイコールである、完全に重なり合うような境地といったらいいかもしれません。あるいは、生がすでに死と重なり合っているというふうにいってもいいかもしれないし、現世が既に浄土と重なり合っているともいってもいい。しかしその関係というのは、いかなるかたちでも因果論的な合目的的な関係、つまり、あいだに修行という自力のプロセスが入らないかたちで、そこにいわばごろんと投げ出されているようにしてあらねばならないものなのです。とても異様な思想だという気がします。

9.『教行信証』——〈信〉の証し

すでに見てきたように親鸞にはおよそ情緒的に語るという要素が存在しません。たとえば、「『涅槃経』に云われている。「また、さとり（解脱）は色も形もないもの（虚無）と名づけられる。色も形もないものは、すなわちさとりであり、さとりはすなわち如来である。如来はすなわち色も形もないもの、一切の行為を離れて作為されたものである。真のさとり（解脱）は、生ずるものでもなく滅するものでもない。それだから、さとりはすなわち如来である。如来もまた同様であり、生ずるものでも滅するものでもなく、老いも死もしないし、破れも壊れもしないものであり、因縁によってつくられた、生滅変化する有為の法ではない。このような意味があるから、『如来は大涅槃に入る』といわれる。……またさとり（解脱）はこの上もないもののなかの最上（無上上）に名づけられる。……この上もないものの最上とは真のさとり（解脱）であり、真のさとりは如来である。……真のさとりを得てしまえば、愛欲も疑いもない。愛欲も疑いもないものは、すなわち真のさとり（解脱）であり、真のさとりはすなわち如来である。……如来はすなわち涅槃であり、涅槃はすなわち尽きるところのないものであり、尽きるところのないものは、すなわち仏性であり、仏性はすなわち定まって動かないもの（決定）であり、定まって動かないものはすなわち最高至上のさとりである」（二八一～二頁）と、『教行信証』のなかではいっているわけです。ただありのままにあるという、それだけを言っている。だからほとんど何も言っていないに等しいわけです。考えようによっては、非常に巨大な空虚さだけが残るわけですね。

『教行信証』という本はある意味でたいへん空無な本であるという気がします。何も積極的なことをいってないわけですから。ある意味ではこんなに虚しい本はないともいえます。宗教的な効用というのが全くない上に、やたら難しいだけである。では何でこのような本が親鸞にとって必要だったのか。ぼくたちはそこに何を読み取るべきなのか。それは、ありのままにある私が、そのままの私において涅槃・浄土・悟りに至る存在であるということ、そこにのみ親鸞的な意味における宗教性の根拠というものが見出されるということを明らかにするためだったんですね。

『教行信証』という著作を書くことは、親鸞が自分自身の自然過程の中に〈信〉という隙間を生み出そうとする努力だったと思います。だから、親鸞という、無名の〝非僧非俗〟、〝愚禿〟であり、何だかよく訳の分からないことを言っている、自分で〝坊さん〟と言っていないから何と呼んだらいいんだろうというふうな存在が、自分自身の〈信〉をどう立てるかという問題を考えぬくために書いた本ということになります。ということは、そこで親鸞というありのままの自然存在そのものが根底から考えぬかれているといい換えてもいい。自然過程の内にある、それだけで考えれば、親鸞自身という自然過程でしかありえないもの、それが親鸞という〝非僧非俗〟になるわけですけれど、自然存在としての存在の内部に、〈信〉という隙間が生み出されるためには、『教行信証』という本を書くことがどうしても必要だった。そのことがそのまま、浄土門における〈信〉のあり方というものがどういうものであるかへの一つの答え、証しになる。だからまさに『教行信証』なわけですよね。〝信の証し〟なわけです。こうして〝非僧非俗〟、〝愚禿〟の最終的な意味が浮かび上がってきます。あるがままの自然過程にありつつ、それがそのまま〈信〉の現われであるような二重化された自然存在、自らのうちに〈信〉というかたちで隙間を抱え込んだ自然存在、これが〝非僧非俗〟、〝愚禿〟の最終的な意味になるわけです。

『教行信証』という本はそういうふうに読まれる必要があると思います。だからこのなかに教義を読み取ろうとしても、それはまったく無駄なわけです。そんなことは何もここには書かれていない。あるいはもっとはっきりいえば、言葉そのものが、意味としての言葉、何かを伝達しようとする言葉として読まれる必要のないものなのかもしれない。親鸞が彫心《ちょうしん》鏤骨《るこつ》、文字通り老いた身を削るようにして書き連ねていった言葉、それは大半が「祖述と論註」なわけですが、そうした言葉を積み重ねていくということ自体の中で、徐々に親鸞のうちに、つまりそうした親鸞の自然過程の内部に、〈信〉という隙間が形づくられていったのではないかということです。『教行信証』という本の読み方としては、この本を書いた親鸞の中にそうした隙間が生み出されていく過程をたどるという読み方以外はすべて無意味なんじゃないかと思います。

吉本さんが『教行信証』の親鸞のなかに発見したのはこういうことだったんではないでしょうか。『最後の親鸞』を書いた段階でも〈信〉という言葉は使われているんだけれども、今言ったような意味での〈信〉の意味というところにまではおそらく至っていなかっただろうと思います。主として「最後の親鸞」においては、〈往相と還相〉の問題が「知」と「非知」の問題として、「知」を極めて頂点に立ちつつ、そこから静かに「非知」へとまた着地していくという過程として捉えられていた。でも「教理上の親鸞」になると、さらにそこを突き抜けて一挙に〈信〉の極限、極北の場へと到達する。「知」と「非知」という普遍化された問題の枠組みさえも消えていく極限的な場です。極端にいえば『教行信証』という本は、親鸞以外の誰にとっても無意味な本であるというふうにもいえるかもしれない。親鸞という一人の存在の内部における〈信〉の実践、「教行」ですよね、まさに。『教行信証』は、親鸞一人の「教行」と結びつくことにおいてのみ、つまり親鸞という人の〈信〉の証しとしてのみ意味を持ち得る本なのかもしれない。ただそれは親鸞という空前絶後ともいえる宗教者の存在というものの意味を明かすためにはなくてはならないものでもある。最初にいった、「一体どうやってこの『教行信証』という本を読むのか」という問題、この本の読み方の難しさという問題の本質はそこにあると思うんです。つまりわれわれはこの本を親鸞教団という一派の教義、理論として読むわけにはいかないのです。

初版刊行の後、あらためて教理上の親鸞に着目したのはなぜかという問題に関しては、吉本さんが増補版の序で次のように述べています。

「今、私に補充すべきことがあるとすれば、大乗教浄土門の教理を整序し、その集大成を志した親鸞の教理像であった。教理として振舞おうとした親鸞は、たぶん、自分が望まなかったため、存命中に書きすすめられていることすら、周囲の人々に知られていなかったとおもえる。親鸞はじぶんのやっていた教理上の膨大な著述をおくびにも出さなかったとしかかんがえられない。ここでもまたわたしたちは、親鸞という存在の矛盾につきあたる。かれは浄土思想の集大成を志して、源信の『往生要集』や法然の『選択集』を超える浄土理念をうち出す仕事を、折に触れてすすめつつあった。それなのにおそらく身辺の人をのぞいて、誰にもそれを知らせようとしなかった。死んだ後に『教行信証』となって結実していたのである。たぶんこの著述は、曇鸞以来の大乗経の浄土門教理をある方向にもっとも遠くまでひっぱっていったもので、その意味では浄土教理の極北を意味している。

わたしが『教行信証』の核心として読み得たものは二つある。ひとつは〈浄土〉という概念を確定的に位置づけたことである。ひと口にいえば〈浄土〉というのは、心のある境位のなかに存在するものなのか、それとも死後に往く浄福の世界のことなのか、という素朴に流布されていて、そのくせ本質的な課題にたいして、浄土教理を集大成し、整序しながら、独自に回答したことである。もうひとつあった。親鸞は『教行信証』で『涅槃経』に説かれた大乗教の究極の〈空無〉〔ヴァニティです〕の理念を是認するため、ひとつの手続きを確定した。ある細々とした道を経ずに、教理だけを一足とびにとりだせば、大乗経の根本義といえども、単なる人間存在の〈空無〉の強調にすぎない。これが偉大なアジア的な思想として是認されるためには、人間の存在の過程的な経路〔この過程的な経路というのは、自然過程とさっきぼくが言ったことだと思います〕を、誤またずに〔親鸞の視点から〕たどりおおせなければならぬ。親鸞は恐れずに『涅槃経』の立場を是認し、その上でそこへ到達すべき過程を披瀝してみせたのである。このことはいいかえれば、すべての思想につきまとう普遍的な本質を明らかにしたことと同義であった」（五～七頁〔 〕内筆者）。

最後の「すべての思想につきまとう普遍的な本質」というのが、さっき言った「どんなありふれた、取るに足らない行為にも巨大な思想というものは宿り得る」ということ、つまり、実際の行為と思想のあいだには、途方もない目もくらむような距離と落差というものが常に存在し得るのだ、ということです。これは、マルクス主義における理論と実践の問題というふうにいい換えることも出来ると思います。あるいは、伝統的なマルクス主義の中における理論と実践の統一というふうな視点に対する吉本さんの批判的な視点といってもよいかもしれません。

10．論註形式の思想

ぼくはこの本を書いた吉本さんにとってもっとも根源的なモティーフとなっているのが親鸞への深い愛着だったと思うんです。彼が最初に親鸞について書いたのは戦後間もなくですからね(80)。『最後の親鸞』を書いた七四〜七五年の時点でも最初の親鸞論からすでに三〇年近くたってます。その間ずっと親鸞は宮沢賢治なんかと並んで吉本さんにとっての非常に強い執着の対象であり続けた。にもかかわらず吉本さんが自らの親鸞像を造型するのに三〇年かかってしまった。ようやく『最後の親鸞』初版が完成すると今度は立て続けに『論註と喩』が書かれるわけですね。だが「教理上の親鸞」を含めた増補版の完成には初版刊行からさらに六年かかっています。これだけ時間がかかったということは、親鸞への深い愛着は別として、吉本さんの中に親鸞像をはっきりと結晶化させる上で大きな困難が存在したということだろうと思います。そしてその困難さの大きな要因のひとつが、「何も語っていない」主著である『教行信証』をどう親鸞の思想のうちへと位置づけるのかという問題だったような気がします。

もちろん、『教行信証』の研究とか教理的研究というのはいくらでもあるだろうし、専門家のそれはあるだろうけど、ただぼくが読んだ印象、それから吉本さんのこれを踏まえて言うと、『教行信証』という本は、何か浄土門の、浄土真宗の普遍的教義というものを述べ伝えるために書かれた本だとは到底思えない。そういうものでは全然ないだろうと思います。

一二世紀の終わりは、非常に巨大な歴史の裂け目だった。鎌倉幕府が成立するのが一一九二年だけれども、その九二年に至るまでほぼ一〇年、源平の戦乱が続く。その一〇年間にはこれまで見てきたように未曾有の飢饉もありました。鴨長明の『方丈記』に見られるような「会者定離《えしゃじょうり》」「厭離穢土」という発想は、このような時代状況を背景にしてあの時代の人々の中に深く浸透していたと思います。親鸞の思想もまたそうした時代背景と深く関わっていたのは間違いないでしょう。ただそれが、漠然とした「儚さ」や「あはれ」という情緒の次元で終わってよいのかという問題が親鸞の中にはあったと思います。

鎌倉新仏教でいちばんの革命的だったのはすでに述べたように日蓮です。たしかに親鸞は〈信〉の根拠を情緒へと解消しはしなかったけれど、その一方で〈信〉を凸面の思想としてポジティヴに打ち出す革命家にもならなかった。〝非僧非俗〟の問題の意味と関わってきますが、一番分かりにくいのは、親鸞の宗教的実践がどういう位相にあり、どういう意味を持っていたのかということですね。親鸞は、「念仏を信仰すれば救われますよ」というような布教の仕方を一切拒否したわけです。「念仏を信仰したからといって救われるかどうか分かりませんよ」というわけです。こんな布教の仕方はありませんね。というより、そんなものは布教でもなんでもないわけです、布教そのものも否定するわけですから。一言でいえば、親鸞がやったのは、宗派組織への勧誘、いい換えれば「オルグ」の否定なわけです。初期の親鸞のいた時代の親鸞教団というのは、絶対に布教やオルグをしない教団だったと思います。だからもはや教団でもない。親鸞の思想を突きつめてゆけば、「わが派に入れば救われますよ」というふうな発想を完全に否定するところまでいかざるを得ない。「わが派」としての教団は根本的に否定されねばなりません。したがって教団を前提とするかたちでの師もいなければ弟子もいない。教団内部の同朋《どうほう》さえ否定されることになります。そう考えれば、教主としての親鸞というのは非常に厄介な存在だったと思います。弟子たち、精確に言えば弟子と称する人たちですが、彼らからすれば、自分は師ではないのだから弟子もいない、布教してはいけない、面々の御計であるといわれても途方に暮れるだけだったと思います。いくら親鸞を教主だと思っても当人はそれを否定する。宗派もないし、教理もなければ、伝道も布教もない。ないない尽くしですね。だからいちばん初めに言ったように〝ない〟の連続でしか親鸞の思想というのは語れない。吉本さんにそくせば、「党派性」の解体はこの極限的な場所まで行き着いてはじめて可能になるのです。

その親鸞に一番近い、宗教者ならざる宗教者がいたとしたら、やはりナザレのイエスでしょう。少なくとも吉本さんはそう考えていたと思います。親鸞に匹敵するのはナザレのイエスだけであると。イエスも教理を解体した人なんですね。教理を解体し、組織を解体した。そういうイエス像を描いたのが吉本さんの『マチウ書試論』だったわけです。しかしその後には、必ずパウロとか蓮如みたいなのが出てきて、大教団をつくり上げてしまう。

『教行信証』の中で、もし親鸞の思想というものをたどろうとすれば、わずかに残されている論註の部分であるとか、どういうところを引用してきているかとか、つまり積極的にポジティヴに主張されているものではなくて、そういう凹面からしか読み取れない。いわゆる論註という形式とか、何を引用しているかとか、引用の仕方であるとか、そういうところにしか読み取れない。まさに論註形式の思想なんです。そういう思想のあり方こそがむしろ本質的な意味で普遍的な思想ではないかということをはっきり見定めたのが、『論註と喩』だと思うんですね。『論註と喩』は、前半が親鸞論で後半がマルコ福音書論です。まさに親鸞とイエスです。その上でさらに書かれたのがこの「教理上の親鸞」だと思います。

『最後の親鸞』と『論註と喩』を通して、ぼくらは「最後の吉本隆明」を確かめることができる。だからそれは、あえていえばそれはもはや方法としての思想などではない。方法といってしまうと普遍化されてしまうからです。これまでの言い方にしたがっていい直すと、自力の思想などというものは存在しないということになると思います。それに関して一つだけ付け加えれば、親鸞の書簡を集めた「親鸞聖人御消息」に、〝自然法爾《じねんほうじ》〟という言葉が出てきます。親鸞はこの言葉について次のようにいっています。「「自然」といふは、「自」はおのづからといふ、行者のはからひにあらず。「然」といふは、しからしむといふことばなり。しからしむといふは、行者のはからひにあらず、如来のちかひにてあるがゆゑに法爾といふ」。自然は「おのずからある」ものであり、「行者」、つまり人間の「はからひ」、〈理〉によってどうこうされるものではないということです。この言葉はスピノザの「自ら産出する自然（Natura naturans）」という概念を強く想起させます。スピノザの

「自然」はほとんど「神」と同義ですから、親鸞のいう「如来のちかひにてあるがゆえに法爾といふ」と完全に対応します。そしてスピノザが世界の成立根拠を人間の能動的な主観性へと縮減していったデカルト――西欧における「自力説」の権化――を批判したのとちょうど同じ位相に親鸞もまた立っているということが明らかになります。『教行信証』における親鸞の思想的境位が非常によく象徴されていると思います（一六九頁以下参照）。

11．事後性という問題

いちばん最初に戻りますが、たぶん親鸞の思想というのは「事後性の思想」なんです。「往相」に対する「還相」の持つ意味というのは、「事後性」という問題になるはずです。

われわれは主体とか、自我とか、精神とか、意識とか、意思とか、表現とか、いろいろそういう言葉を使う。そうすると、必ずその前提条件としてあらかじめ、つまり先に何か表現されるものがあって、それに基づいて後から表現というものは出てくる、と考えがちです。主体がまずあって主体の表現である言葉が出てくるというふうな考え方ですね。しかしほんとうはそこで表現されるものというのは、表現の結果であり、表現に対して事後的に出てくるものなのではないか。つまり言葉があらかじめある意味を表現するのではなくて、むしろ言葉が事後的に意味をつくるんだということです。教理という問題に関してもおそらく同じことがいえる。教理があらかじめあって信仰や宗教、宗派が出来るわけではない。なぜ親鸞の思想が論註の形式になっているのかという問題も多分そこから来ているのだろうと思います。思想というものを事後的な視点、すなわち〈還相〉のまなざしからたどろうとすれば、思想をとらえる方法というか、方法ならざる方法というのは論註という形にしかならないわけです。

先行する根拠や意味、外在的な超越性など一切前提にせず、現に進行する思考の過程だけによりながら、いい換えれば行為遂行的な過程だけに頼りながら思想というものを語るとすれば、それは何も積極的に主張しない、表現しない、概念化しないというかたちにしかならないはずです。思考する本人すらなぜそうなるのかが分からないような、途切れ途切れの気息や断片的な感受性や思いのかけらが浮かんでは消え、浮かんでは消えていく過程にしかならない。このときおそらくそのように思考が浮流してゆく過程にとって唯一繋留点となるのが言葉なんです。言葉だけは自分ではつくれないからです。ということは言葉だけが先行することを許される唯一の条件になるのです。思考の過程は浮流しながらもこの唯一の先行する繋留点としての言葉へと絶えず還ってゆく。ではこの言葉のさらに背後にあるものとは何か。それは絶対に到達し得ないし語りえないにもかかわらず確実にそこにあるもの、一言でいえば、個々の生に向かってつねに還流し続ける人類の巨大な系統発生と個体発生の絡み合い、反復の集積としての歴史であり、個々の意識を超える彼岸としての根源のようなものだと思います[81]。それは、「無意識」とフロイトにならっていってもいいかもしれない。ラカンなら「現実的なもの《ル・レール》」になります。個々の思考はつねにこうした根源との接触のきれぎれの射影、断片にしかならないはずです。しかし思考はこの根源に向かってたえず還流しようとします。それだけが自分の真の根拠だからです。ただしそれはつねに不在の根拠でしかありえません。

言葉はこうして、このような根源のそのつどの行為遂行的な釈義となりながら、一瞬歴史の現在のなかで瞬き、また消えていくのです。ただし消える前に言葉は歴史に向かって何ものかを刻印します。そしてそれが次の歴史の現在の瞬間に受け継がれていく。この連なりは限りなく釈義や評註や注釈というかたちに近づいていくはずです。それが事後性の思想、思考だと思うんです。だから事後性の思想は「論註の思想」にならざるをえないわけです。何ごとか積極的に主張するものが先にあって、それに基づいて教理なら教理というものが出てくるのではないということです。

すでに言葉があるということが条件になって、そのなかでいわばネガというか窪み、凹面をたどるようにして思想というものが既にある言葉の中から事後的に取り出される。そういうプロセスが『教行信証』のなかで親鸞のやろうとしたことだったとぼくは思います。「教理上の親鸞」というのはそういう思想のかたちなんだと思うんです。それはいかなる意味でも、主張すべきもの、意志すべきものが先にあって、主観性というものが先にあって、主体性というものが先にあって、それが表現されるというふうな思想ではないということだと思います。それが事後性ということの意味にもなります。この地点が「最後の親鸞」と「最後の吉本隆明」が重なり合う場所だといってよいでしょう。

『教行信証』が「祖述と論註」から成っていたように、ぼくの話も『最後の親鸞』についての「祖述と論註」に終始したような気がします。その意味では、吉本さんの思想について何か積極的なことをほとんどいっていないと思います。ただこの本を巡っては、そうならざるをえない必然性があるような気がします。ぼく個人としては『最後の親鸞』についてこのような形で語ることで深い解放感というか充足感を得ることが出来ました。皆さんはどうだったでしょうか。長時間のご静聴ありがとうございました。

＊ここで講座の際に寄せられた質問への答えをまとめておきたいと思います。

（捨て聖について）

「賀古の教信」の伝説は平安の終り頃ですね。この伝説は古くからあったと吉本さんは考えています。捨て聖の物語は、今昔物語にも宇治拾遺物語にも出てきます。平安時代の十一世紀あたりから、恵心僧都が『往生要集』を著したり、一方で空也のような人が出てきて、出家遁世を志す人間がだんだん増えて、その中で捨て聖も出てきます。教信沙弥も、ある面からいうと捨て聖の一人とみることもできます。しかし教信の物語が決定的に違うのは、喜捨に寄らない、自分で労働して生計を立てる、そして妻帯したことです。そのことによって教信の〈非僧非俗〉の立場が支えられているというのが吉本さん流の解釈ですが、そこが親鸞が教信の物語から一番影響を受けたところではないかと思います。

（親鸞の行きつく先は教信なのか？）

簡単にそうだともいえない。たとえば法然と親鸞の関係、教信と親鸞の関係の違いは紙一重だと思うんです。しかも親鸞は、表面的には法然を全然否定していない。あくまで自分の師は法然であるといっています。法然を批判したり否定した言葉もまったく残していない。教信については、『歎異抄』の中で「教信に習う」と一言いっているだけです。でも親鸞を読み進めてゆけば明らかに親鸞は法然から離れていこうとしているのが分かります。といって終点が教信だともいえない。非常に難しいところですが、親鸞は教信のように生きるのはもうすでにあまりにも複雑な、というか〈信〉に対して屈折した姿勢を抱いていたと思います。そこではもはや教信そのものはモデルになり得なかったのではないか。

（〈還相〉の芽は越後を出るときにあった？）

あったと吉本さんは理解しています。『教行信証』は常陸・笠間で書き始め、京都で完成しています。常陸には二〇年近くいました。京都には七〇歳近くになって戻っています。

（常陸には、犯罪人が日本海から移動していたのでは？　だから「悪人正機説」が出たのでは？）

江戸期にいたるまで一向宗の問題で、〝犯罪者集団〟の移動の問題があります。各藩はこれに悩まされるわけです。犯罪人を含む一向門徒が、一向宗に対して厳しくないところへごそっと移っていく。これは非常に悩ましい問題だったろうと思います。親鸞の時代にもすでにあったかもしれません。

（喜捨はなぜいけないのか？）

喜捨というのは教えることの代償になる。教えることの代償として喜捨を受けるわけです、そうするとそこにある種の因果論が出てくる。つまり現実の宗教的関係が出来てくるということです。だから喜捨を受けてはいけない。でも実際には喜捨を受けていたとは思います。書簡にお金を送ってもらったお礼が出てきますから。ただ教信に引きつけていえば、なぜ喜捨がいけないのかは重要な問題です。繰り返しになりますが、喜捨という形でやるとどこかで既存の宗教になってしまいます。現実的にどうだったかはとりあえず措いておけば、親鸞の場合、ぎりぎり宗教の解体寸前のところまでいかざるをえなかったと思う。

〈作為と自然について〉

これはたいへん難しいご質問ですね。うまくお答え出来るかどうか自信はありませんがやってみましょう。親鸞の〈信〉の構造を見てゆくと、吉本さんの文脈にそくして次のようなことがいえるんじゃないかと思います。親鸞の〈信〉はそれ自体としては〈還相〉です。そして〈還相〉は自然のままではなくて、作為からもう一回自然にかえる過程を含みます。あるいは媒介するといってもよいかもしれません。〈往相〉としての意識の自然過程が根源的な自然としての自然過程にぶつかったとき、意識の自然過程はいったん否定されざるをえません。自然過程の側から一回つぶされてゆくのです。そしてつぶされる中でもう一回、自分のつぶされる過程に立脚しながら、もう一回つくり出される第二の作為の過程というのが〈自己幻想〉の過程となります。

根源的な自然過程にぶつかると意識はバサっとつぶされる。そのとき、どこかで意識は横に立って、自分の意識がつぶされていく過程をみている。自然過程や意識にはとうていかなわないというのを見ながらその過程を意識化する。それが第二の作為によってつくり出された〈自己幻想〉としての〈還相〉だと思います。〈還相〉の過程とは、意識が意識であるということを、ある意味では否定することによってもう一度意識過程をつくりなおすところから生まれるわけです。だから〈還相〉には、自分がどこかで自然過程から作為に向かってずれているという自覚があります。それは、「異和」「原生的疎外」としての〈自己幻想〉の境位といってもよいと思います。ところがその一方で作為が作為であることを否定するというパラドクスにも絶えずつきまとわれています。親鸞の〈信〉の構造にはこうした〈還相〉に伴なうパラドクスというか背理が存在するように思えます。それは、作為（意識化の過程）のはてに作為を否定する自然へと静かに着地することへの志向といってもよいと思います。

〈親鸞という名前はいつごろから？〉

それが分からないんですよ。じつは非常に厄介な問題で、われわれは親鸞という名前は当たり前のように使っているけど、親鸞がいつから自らを「親鸞」と呼んだのか、本当に親鸞と名乗ったのかどうかだってはっきりしない。ただ晩年の手紙に、「愚禿親鸞」という署名がありますから、ある時期から「親鸞」は名乗っていたことは確かなんだろう思います。しかしいつからというのは分からない。思想的にいうと、『教行信証』という本が「親鸞」という名前を作ったのかもしれないという気がします、ある意味では。

ついでにいうと『教行信証』の成立過程もなかなか難しい問題です。『教行信証』が完成されたのは、京都にもう一回戻ってきてからだろうと考えられています。東本願寺にある自筆本の写真を見ると、すごい推敲の跡があるんですね。何度も訂正を入れています。そのカラー版の写真を見たことがあるけど、とくに朱筆でいろいろな書き入れをしています。だから手元に置きながら、繰り返し、繰り返し推敲して、それが死ぬまで続いていたんじゃないかと思うんですね。

もちろん教理として語らなかったけれども、「我こそは浄土門の教理を集大成した」という意識、自負はおそらくあったと思うんです。ただ結果的に、それはいわゆる普通でいう意味でのある宗派の教理と、あるいは教義というものをまとめたという性格の本にはならなかった。吉本さんは、おそらく当時の信徒たちには『教行信証』の存在は知られていなかった、というより親鸞がその存在を知らせなかったと言っています。このことは『教行信証』が表向きの意味での教理の体系ではなかったことの証明になると思います。

これも余談になりますが、唯圓が書いた『歎異抄』もやはりすごい本だと思いますね。唯圓にとって若いときの親鸞との出会いは大変な体験だったと思うんですよ。『歎異抄』が書かれたのは、確かもう師匠が亡くなって何十年も後の、唯圓自身ももう年取って老耄のためほとんど動けなくなっていた時期だったはずです。そんな中で『歎異抄』を残そうと思い立ったのは、おそらく唯圓には師匠の教えがどんどん風化していくのが我慢ならないという思いがあったからだと思うんです。そこで記憶を頼りに親鸞の言葉を再現した。唯圓があいう形で、若いときに出会った師の教えというものを自分の内部でずっと保ち続けたということ、そのメンタリティというか持続力の凄さというのは、ちょっと想像を絶するところがあります。そういう意味では『歎異抄』という本もまた本当に空前絶後の本だと思います。

注

(66) 『閑吟集』『新 日本古典文学体系』「梁塵秘抄・閑吟集・狂言歌謡」収録 岩波書店 一九九三年
(67) 『日本古典文学体系』版 二〇四頁
(68) ルター「農民戦争文書」松田智雄訳『世界の名著』第二三巻 中央公論社 新装版一九七九年に収録
(69) 『神皇正統記』岩波文庫 一九七五年
(70) 『梅松論』現代思潮新社 二〇一〇年
(71) カール・シュミット『政治神学』田中浩他訳 未來社 一九七一年 参照
(72) ヨアヒム・ヴィンケルマン『ギリシア芸術模倣論』沢柳大五郎訳 座右宝刊行会 一九七六年
(73) 唐木順三『無常』ちくま学芸文庫 一九九八年
(74) ヨハン・ホイジンガ『中世の秋』堀越孝一訳 中公クラッシクス(二分冊) 二〇〇一年
(75) 『日本古典文学体系』版 一九七~八頁
(76) 『論註と喩』言叢社 一九七八年
(77) 『歎異抄』(二)
(78) 『自立の思想的拠点』徳間書店 一九六六年
(79) カント『純粋理性批判』篠田英雄訳 岩波文庫(上下巻) 一九六一年 なお柄谷行人『トランスクリティーク』岩波現代文庫 二〇一〇年を参照
(80) 「歎異鈔について」(一九四七年)『擬制の終焉』現代思潮社 一九六三年に収録
(81) いうまでもないが、ここでいう「根源」という言葉はベンヤミンを想定している。吉本とベンヤミンのあいだにも言語思想を介してある種の照応関係を考えることが出来るように思える。この問題については、細見和之「吉本隆明とベンヤミン」『現代思想』「僧特集　吉本隆明」青土社　二〇〇八年所収を参照

あとがき

本稿は、二〇〇八年度アソシエ21学術思想講座「吉本隆明を読む」のなかで行われた『最後の親鸞』についての話の録音を受講者のひとりだった沢村美枝子さんがテープ起こしをして筆記してくれたものに、大幅に加筆訂正を行って成ったものである。ただしもともと語りだったので語りの調子は残すことにした。やたらと昔の時代に関わる固有名詞や吉本隆明独特の用語が出てくる話を文章に起こすのはたいへんな苦労だったと思う。困難な作業をやり遂げてくれた沢村さんに心より感謝したい。なお加筆訂正はこの後公刊される『吉本隆明と共同幻想』と同様ライプツィヒで行われた。したがって資料面での制約があったことを注記しておきたい。

私はずっと『最後の親鸞』が吉本の思想にとっての「最後の場所」であると考えてきた。そこには、これ以上進めば思想そのものが解体し、吉本というひとりの人間の生そのものから伝わってくる息づかいや言葉にならない情念のゆらぎのようなものしか残らなくなる極限の場所が表現されているからだった。さらにいえば、そこで表現されているのは「論註の思想」であり、何か積極的な主張がなされているわけではなかった。私には、吉本という戦後思想の公論の場に一貫して立ち続けてきた思想家がこうした境位へと到達したことが驚きというか衝撃を感じずにはいられなかった。私にとって『最後の親鸞』について語ることは、吉本の思想について何か積極的な内容を語るというより、この驚き、衝撃そのものを語ること以外はありえなかった。もちろんこの驚き、衝撃には吉本によって造型された親鸞像への驚き、衝撃も含まれている。極めて私的色彩の濃い本書は、その意味では意識的に吉本の思想体系を形象化しようとした続刊の『吉本隆明と共同幻想』とははっきりとした対照をなしている。だが私にとって吉本を語ることはこの対照的なアプローチをふたつながらに達成することを措いてはありえなかった。

『最後の親鸞』を読みながら感じるのは、この世に生をうけるということはなんと辛く哀しく重いことなのかという嘆息にも似た思いであり、にもかかわらず決して失われることのない、失われてはならない「生きる」ことへの意志、勇気、そしてそこからしかみえてこない真の意味での自由、自立のかけがえのなさ、尊さの自覚である。ここでいう生の辛さにはふたつの意味がある。ひとつが、実人生に襲いかかってくる戦乱、飢餓、貧困など文字通りの辛苦、困窮であることはいうまでもない。人間はいまだにこの辛苦、困窮から解放されてはいない。もうひとつは生をぎっしり取り巻き逼塞させているたくさんの軛《くびき》の存在である。人間が善意であれ悪意であれ自分で意志し行動してもその結果が考えていたものとまったく違ってしまうのは、そしてそれがときに破滅さえも招き寄せてしまうのは人間の生を万力のように締めつけているこの軛のせいである。それは国家、あるいは権力というかたちで現れる場合もあるし、イデオロギー的規範や習俗として現れる場合もある。というより人間の生が何らか集団的なものを構成するところで必ず生まれてくるものなのだ。それは個々人の内部で自分が自分を締めつけ圧迫する思い込みや強迫としても現れてくる。スピノザの言葉を使えば、人間は自分で「表象知」をつくり出し自らその虜になって苦しむ愚劣な存在である他ないのである。

おそらく親鸞ほどこの人間の「愚」を知り抜き自覚した思想家はいなかったろう。親鸞の絶対他力の思想は、この「愚」に徹する以外人間にとって真の自由への道はありえないことをラディカルに証明してみせた。一見するとそれは人間が自発的に意志することや行動することの全否定に見えるかもしれない。だが親鸞が洞察した「愚」の境地を自覚的にかいくぐる他人間の生の自由や尊厳を真の意味で見通すことは出来ないのだ。そのことを明らかにしたのが『最後の親鸞』に他ならなかった。

あるいはこうした『最後の親鸞』の境位を吉本の思想的退行、退嬰と見るむきもあるかもしれない、公論の場を離れて私的な世界へと逃げ込んだのではないかというように。だが虚心に読めば、これほどの重さを一身に荷負わされながら、それでも生きることへの意志を断念しない親鸞に、また吉本に、ひとはあらためて自らの生が根源から触発され鼓舞されるのを感ぜずにはおられないはずである。もちろんその背後に同じだけの重みを持って死の根本的な意味への目覚めもまたひそんでいることを見落としてはならないのだが。私が『最後の親鸞』から感じとったそうした思いの一端でも読者に伝えることが出来れば著者としてこれにまさる喜びはない。

本文のなかでも触れたように私の古文の読解力ははなはだおぼつかないものである。そんな私に、『教行信証』をはじめ当時の諸家の著作の大部分で使われている漢文をそのまま読み下すことなど到底不可能であった。そこで必要なテクストについては、吉本自身の私訳を中心に、註で挙げた諸本における読み下しと註を頼りにしながら読んでいった。とりわけ旧版の『日本古典文学体系』（岩波書店）の「親鸞集・日蓮集」の精緻を極めた註解にはたいへんお世話になった。多くのテクストが期せずして岩波文庫版になっていることも含め、日本の古典のテクスト覆刻と流布に岩波書店が果たしてきた役割の大きさをあらためて痛感する。もちろん素人なので間違いは多々あるに違いない。ご寛恕を願う次第である。

吉本に最初に出会ってから四〇年を超える時間がすでに経過している。『吉本隆明と共同幻想』と併せ、ここにようやく私の吉本との関わり（その中には吉本思想を徹底して革命理論の原基として受け止め、自らの行動綱領にまで仕立て上げた特異な〈党派〉共産主義者同盟叛旗派の活動家としての関わりも含まれる）にひとつのピリオドを打つことが出来た。やや虚脱感にも似た安堵と充足の思いを禁じえない。思い返すと、一時やや吉本への距離を感じていた私に再び吉本への関わりを促してくれたのは、文化科学高等研究院の主宰である山本哲士氏だった。高等研究院が企画し、山本氏に加え福井憲彦氏や内田隆三氏、私も交えて行われた二年以上にわたる吉本への長期インタビュー（『吉本隆明が語る戦後55年』全12巻　三交社　最初は『週間読書人』に連載）は私の中での吉本への再覚醒を促すきっかけとなった。その後山本氏の海外研究に伴なって引き継ぎ七年にわたって続いたアソシエ21学術思想講座「吉本隆明を読む」での吉本の諸著作の再検討、さらには受講者の皆さんと交わした議論、そしてちょうど講座の最終年と平行して『現代思想』編集長池上善彦氏の企画で行われた私にとって二度目となる吉本への長期インタビュー（『貧困と思想』青土社）によって私の吉本への関わりは次第に抜き差しならないものになっていった。その間には山本氏や池上氏のすすめもあって何度か吉本について論考をまとめる機会も持つことが出来た。それらの内容は『吉本隆明と共同幻想』および本書の基礎となっている。彼らの好意がなければこうしたかたちで吉本隆明について著作をまとめることなどとうてい出来なかっただろう。あらためて山本氏と池上氏に深く感謝したいと思う。そして本書を刊行してくれた社会評論社の松田健二氏にも心より御礼申し上げたい。

二〇一一年一月末日　ライプツィヒにて

高橋　順一

【追記】

二〇一一年三月一一日午後二時四六分、東日本大震災が発生した。宮城、岩手、福島の東北三県を中心に、東日本一帯はマグニチュード九・〇という未曾有の巨大地震によって壊滅的な被害を受けた。地震に加えその後起きた大津波、さらには福島第一原発の原子炉が次々に爆発と深刻な放射能漏れを引き起こすという事態によって、今被災地は塗炭の苦しみのさなかにある。三万人にも及ぶ死者、行方不明者の数字には言葉を失う他ない。

大震災の直後、都知事の石原慎太郎はこの事態を「天罰」と呼んで顰蹙を買った。もちろんこの発言自体は論外というしかないが、こうした事態が起こるたびにそうした発言が繰り返されてきたことも事実である。一九二三年の関東大震災の後には、震災が浮薄に流れた日本人に対して天が下した譴責であるという「天譴論」が蔓延した。またヨーロッパでも一七五五年に起きたリスボン大地震（ポルトガル帝国の首都リスボンが地震とその後の津波、火災で壊滅し、一二万人余のリスボン市民のうち最大九万人が亡くなったといわれる）後には、このような深刻な災忌をもたらす「神」が慈悲深い神でありうるはずがないという神学的議論が生じ、予定調和的な世界観に代わって世界の不確実性、揺らぎを強く意識した世界観が登場するという事態が起こっている。これらの議論の背景にあるのは、震災という事態をもたらした原因と震災の結果生じた恐るべき災忌のあいだに一種の神学的因果関係を想定した上で、その因果関係を震災に見舞われたひとびとや社会に課せられるべき倫理や規範の指標とみなそうとする発想である。こうした発想にはさらに、この世界の創造意志の担い手、より分かりやすくいえば「神」や「天」が、同時にこの世界を一挙に破壊する意志の担い手でもあるという認識が隠されている。このような認識の起源は遠く旧約聖書の時代にまで遡る。『創世記』には、「神」が放恣に流れる人間を罰するために天の火を地上に放ちソドムとゴモラの町を壊滅させたという記述がある。こうした認識には、世界を破滅させる「神」の意志の行使がこの世界の「悪」を一掃し世界を倫理的に浄化するための機会ともなる、あるいはならねばならないという考え方が潜んでいる。

旧約聖書に潜むこうした考え方を集大成したのが「終末論《ミレニアスム》」に他ならない。最後の審判によって罪人と義人の選別が行われ、罪人の跋扈する悪の帝国の壊滅の後に義人のみからなる善の王国が出現するという終末論の考え方は、旧約聖書から新約聖書へと受け継がれていったユダヤ＝キリスト教の伝統の中で新約聖書の巻末におかれた「ヨハネの黙示録《アポカリプス》」へと結実する。「黙示録」に現われているのは、ナザレのイエスによって体現される愛や赦しの教えとはおよそ対極的な、血塗られた破壊と暴力による脅迫だけに正義の根拠を見出そうとする倒錯した宗教的倫理性である。そして重要なのは、こうした発想がユダヤ＝キリスト教のみならず仏教における末法思想や「天譴論」の根拠となった儒教などにも広く共有されているという事実である。あらゆる宗派宗教にはこうした脅迫と恫喝に行きつく必然性が含まれているといってよいだろう。繰り返しになるがその基底にあるのは、「神」や「天」の意志に基づく因果関係を個々人や社会の倫理へとスライドさせようとする考え方に他ならない。そしてそれはつねに個々人を「罪を負った存在」として責め苛もうとする原罪論へと帰着する。

すでに何度も言及したように親鸞の時代は戦乱、地震、飢餓が蔓延した時代だった。宗教的にいえば終末論の発想が出てきてもおかしくない状況にあった。じっさい形はまったく違うが日蓮と一遍が掲げた教理には明らかに終末論的発想が含まれている。親鸞がそうした終末論的発想にとらわれたとしても少しもおかしくない状況だったといえるだろう。しかし不思議なことに親鸞の宗教思想からはほとんどそうした終末論的発想を読み取ることが出来ないのである。いや、そういっては正確ではないかもしれない。親鸞が目の前にひろがる酸鼻を極めた時代状況を前にして、たしかにこの世界を、そしてそのなかで生きている個々人を「悪人＝罪を負った存在」と考えていたことは確かだからだ。だが親鸞は、そうした「悪人」としての個々人を決して「神＝天」の意志にもとづく因果関係によって「倫理的」に、言い換えれば宗派宗教的に裁断しようとはしなかった。逆に親鸞はそうした世界や個々人の存在をあるがままに肯定し、それに徹底的に寄り添おうとしたのだった。この点に親鸞の思想的な特異性が現われている。

すでに言及したように親鸞にとって「救い」は罪を負った世界や個々人そのもののうちにしか存在しない。親鸞はひたすら災忌のただなかで途方に暮れ立ちすくんでしまっている無力なひとびとと共にあろうとした。彼はそうしたひとびとを決して倫理的に責めたり、自分の弱さを克服して強くなれと激励したりしはしなかった。彼らの弱さを、無力さをまるごと肯定し、その弱さ、無力さそのものを救いの契機として見すえようとしたのである。それは同時に「強い神＝天」と「弱い存在」のあいだの倫理的な因果関係（罪と罰の関係）の鎖を断ち切ることをも意味した。宗教の歴史においてこのような「弱さ」の思想を正面からうち出したのは、私の知る限り親鸞とナザレのイエスしかいない。とくに宗教的因果論とそれに根ざす「論理」的脅迫からの離脱という点で親鸞はきわだっていた。

今私たちは東日本大震災のもたらした未曾有の惨状と多くの死者、被災者を前にして言葉を失い自分たちの無力と罪責の思いに打ちひしがれてしまっている。生き残った被災者もまた死者に対して生き残ったことへの深い罪責感を感じているだろう。親鸞の思想はそうした状況に対してなにか積極的な指針をもたらすものではないかもしれない。だが親鸞の思想以上にこの無力や罪責感を丸ごと包んでくれる思想は存在しない。別な言い方をすれば、弱く無力な存在に対していかなる意味での倫理的脅迫も行わない宗教思想は親鸞をおいては存在しないということである。いうまでもないことだがそれは、親鸞の思想がそうした無力や罪責感からくる傷みを癒し忘れるための手段であることを意味しているわけではない。むしろ逆に傷みを決して忘却することなく自分の内部で保持し続けながら、いつの日かそれを真の「喪」へと、「悼み」へと昇華させるための支えとしてこそ親鸞の思想はあるというべきである。三月一一日の事態とともにもたされた状況のなかで、あらためて親鸞のそうした思想的意味が浮かび上がってきたことを一言注記しておきたいと思う。

（二〇一一年四月八日）

高橋順一（たかはし・じゅんいち）

1950年宮城県生まれ。早稲田大学教育・総合科学学術院教授。専攻思想史。2010年４月から１年間ライプツィヒ大学東アジア研究所客員教授。

立教大学文学部ドイツ文学科卒業。埼玉大学大学院文化科学研究科修士課程修了。

主要著作は『市民社会の弁証法』（弘文堂）、『ヴァルター・ベンヤミン』（講談社現代新書）、『響きと思考のあいだ─リヒャルト・ヴァーグナーと一九世紀近代』（青弓社）、『戦争と暴力の系譜学』（実践社）、『ヴァルター・ベンヤミン解読』（社会評論社）、『ニーチェ事典』（共編著　弘文堂）ほか。翻訳にベンヤミン『パサージュ論』（全５巻、共訳、岩波現代文庫）、アドルノ『ヴァーグナー試論』（作品社近刊）がある。

雑誌『情況』編集委員。「変革のアソシエ」共同代表。

吉本隆明と親鸞　Auslegung Yoshimoto Takaakis I

2011年５月20日　初版第１刷発行

著　者：高橋順一
装　幀：長谷部純一
発行人：松田健二
発行所：株式会社社会評論社
東京都文京区本郷2-3-10　☎ 03（3814）3861　FAX 03（3818）2808
http://www.shahyo.com
製　版：スマイル企画
印刷・製本：倉敷印刷

高橋順一【著】

吉本隆明と共同幻想

Auslegung Yoshimoto Takaakis II

Ⅰ　敗戦期のおけるマルクス体験
Ⅱ　安保闘争の意味と第二のマルクス体験
Ⅲ　「大衆の原像」と「自立」
Ⅳ　『共同幻想論』の世界
Ⅴ　『共同幻想論』以降の課題
しめくくりに代えて――吉本隆明と竹内好――

２０１１年９月刊行予定　定価＝本体１８００円＋税

高橋順一【著】

ヴァルター・ベンヤミン解読

希望なき時代の希望の解読

プロローグ　ヴァルター・ベンヤミンの肖像
第一部　ベンヤミンの思考の軌跡と諸断面
第二部　思考のアクチュアリティ
第三部　ベンヤミンの思想的周辺

Ａ５判上製／３３８頁／定価＝本体３７００円＋税

滝口清栄・合澤清【編】

ヘーゲル　現代思想の起点

若きヘーゲルの思索が結晶した『精神現象学』の刊行から二〇〇年。
現代思想にとって豊かな知的源泉である同書をめぐる論究集。

【執筆者】合澤清・宇波彰・槻木克彦・西川雄一・中村克己・竹村喜一郎・滝口清栄・野尻英一・大橋基・川崎誠・山口誠一・大河内泰樹・片山善博

A5判上製／364頁／本体4200円＋税

野尻英一【著】

意識と生命

ヘーゲル『精神現象学』における有機体と「地」のエレメントをめぐる考察

命をあたえ、共感する力。ヘーゲル『精神現象学』を「生命論」の舞台で考察する現代哲学の試み。

第1章　「生命の樹」から近代の「有機体」まで
第2章　カントの有機体論
第3章　ヘーゲル『精神現象学』の有機体論
第4章　「地」のエレメントをめぐって

A5判上製／342頁／本体4700円＋税

ルートヴィヒ・ヴィトゲンシュタイン【著】　木村洋平【訳・注解】

『論理哲学論考』対訳・注解書

『論考』の全文について，原文・対訳と、その詳細な解説を見開きに掲載。数々の例と比喩で、ヴィトゲンシュタインの思考の生理を伝える。初めて読む人とすでに原文を読んだ人、双方のために――。

A5判並製／376頁／本体2600円＋税

楠秀樹【著】

ホルクハイマーの社会研究と初期ドイツ社会学

二つの世界大戦、ロシア革命、ナチズム迫害、亡命、この激動の時代。フラクフルト学派の創始者の社会思想の原型。

緒論　研究の主題、既存研究の概観、本研究の位置
第1章　ホルクハイマーの「経験」
第2章　ホルクハイマーの哲学修業期
第3章　ホルクハイマーの社会の理論と知識社会学
第4章　ホルクハイマーの社会研究と初期ドイツ社会学

A5判上製／234頁／本体3200円